오늘도 쾌변

생계형 변호사의
서초동 활극 에세이

오늘도 쾌변

박준형 지음

웅진 지식하우스

여기 그저 그런 직장인 하나 추가요

나는 변호사다. 어쩌다 보니 그렇게 되었다. 또한 그러다 보니 변호사로 먹고산 지 아홉째 해가 되었다. 이 글을 쓰기로 마음먹은 날에도 나는 어쩌다 보니 모두가 퇴근한 사무실에 멀뚱히 앉아 밤을 맞고 있었고 그러다 보니 모니터 속 깜빡이는 커서를 응시하며 눈알만 꿈틀꿈틀 굴려대고 있었다.

할 일이 없어서 그러고 있었던 것은 아니다. 다만 진짜 어쩌다 보니 당연히 야근을 예정한 나날이 새삼 부질없게 느껴졌고 어차피 야근 중인 마당에 농땡이 좀 부리는 게 대수냐싶은 마음이 스멀스멀 밀려들었다. 그러다 보니 그냥 아무것도 하고 싶지 않아졌다.

오늘은 내가 변호사가 된 지 2,812일째 되는 날이었고 '앞으로 뭐 해 먹고살지?'라는 생각을 2,812번째 한 날이었으며 온라인 변호사 커뮤니티의 취업 게시판을 2,812번째 방문해 또 한 번의 의미 없는 클릭을 마친 날이기도 했다.

　문득 떠올려보니 매일 그랬듯 오늘 하루도 순탄치 않았다. 아침에는 알람이 우렁차게 열 번쯤 울린 뒤에야 오만상을 찌푸리며 마지못해 일어났고 만원 지하철에 짐짝처럼 실린 채 도를 닦는 기분으로 출근했다.

　오전 내내 세상 억울한 사연을 들고 찾아오는 고객들과 입씨름을 하고 나니 턱이 욱신거려 점심은 가볍게 코로 마셨다. 밀려오는 식곤증에 잠시 꾸벅꾸벅 졸다가, 임박한 재판 시간에 화들짝 놀라 허둥지둥 달려갔지만 어쩐지 상대방 편만 들어주는 판사님이 야속해 한참을 씩씩대다 법원 문을 나섰다.

　늦은 오후, 흡사 내 인생길인가 싶을 만큼 꽉 막힌 도로 위에서 볕 쬐는 늙은 뱀처럼 늘어져 있다 돌아오니 역시나 컴컴한 사무실에 홀로 남겨졌고 까닭 모를 서글픔에 성찰의 시간을 갖다 보니 어느새 한밤중이 되어버렸다.

　나는 대체 왜 이 짓을 하고 있을까. 무엇을 하며 어떻게 살아야 하는 걸까.

영화 속 변호사 같은 정의와 인권의 수호자 코스프레는 진작 집어치웠다. 백날 공익을 수호해봤자 철저히 사적인 생계가 넉넉해지지는 않는다.

드라마 속 변호사 같은 우아하고 고상한 삶, 품격 있고 고급진 인생 따위와도 이미 멀어진 지 오래다. 그런 건 오직 넉넉한 주머니가 있어야만 가능한데, 내 주머니 사정은 프리미엄 리미티드 에디션 따윈 필요 없고 한정 수량 1+1이 최고다. 그렇게 혼자만의 전리품을 손에 쥐고 득의만만하게 돌아오지만 마음 한구석에는 '남들은 어떻게 살지?', '나만 이렇게 사는 건 아니겠지?' 하는 불안감이 가득하다.

2만 7,880명에 달하는 이 땅의 변호사(대한변호사협회 통계, 2020년 4월 1일 기준) 중 1인에 불과한 나란 존재는 말 그대로 먼지같이 가볍고도 하찮아서, 매일같이 앞으로 살아갈 날들을 걱정하고 한편으론 크게 낭패 보는 일 없이 살아온 날들에 안도하며 그렇게 흘러가듯 숨 쉬고 있을 뿐이었다.

이 책에는 '대한민국 법조 1번지'라는 거창하고 유난스러운 별칭을 가진, 서울 서초동 주변을 기웃거리며 살아온 한 변호사의 하잘것없는 일상과 단상을 담았다(제목과는 달리 쾌활한 장 운동의 카타르시스는 담겨 있지 않다). 소위 '잘나가는 변호사'와는 지구 열두 바퀴쯤의 거리가 있고 존재감에는 지구

중력의 2만 7,880분의 1조차 작용하지 않는 사람이 그저 지구의 산소나 축내며 보내온 많은 날들의 지극한 단편이다.

그러다 보니 친절하게 생활 법률 상식을 알려주는 변호사 같은 건 이 책의 처음부터 끝까지 결코 등장하지 않는다. 아무렇게나 누덕누덕 기워놓아 복잡하기 이를 데 없는 이 땅의 법률과 사법제도를 똘똘히 풀어 소개하는 대목도 없고 그 미래상을 대차게 제시하는 소장少壯 법률가의 심오한 개똥철학 같은 것도 전혀 없다. 혹시나 그런 걸 원한다면 지식인이나 유튜브를 찾아보는 게 나을지 모른다.

또한 1년 365일 내내 아프기만 한 청춘들을 보듬어줄 희망과 힐링의 메시지 역시 단 한마디도 담겨 있지 않다. 그럴 여유를 부리기엔 어지간한 청춘보다 내가 더 아픈 것 같다.

매일이 고달픈 사람에게 "괜찮아, 다 잘될 거야. 내가 네 상처를 토닥토닥해줄게" 같은 감성 터치는 실질적으로 아무 도움도 되지 않는다. "다 잘될 거야" 같은 뜬구름 잡는 주문만 달달 왼다고 다 잘될 일 같았으면, 그건 어차피 다 잘되게 되어 있는 일이었으리라.

세상에서 내가 가장 불행하고 재수 없는 것만 같아 불만과 자기연민의 쓰나미가 몰려오는 밤, 심쿵했던 감성 멘트를 대낮에 다시 보면 손발이 연탄불 위 오징어처럼 오그라드는 기적을 체험하게 되지 않나. 그럴 바에야 나만 빼고 다 행복한 줄 알았던 남들의 행복할 것도 불행할 것도 없는 그저 그런 일상을 들여다보면서 알 수 없는 동지애를 느끼는 것이 더 낫다.

그래서 이 책은 장마철 먹구름 뺨치는 비관론과 하드코어 염세주의로 똘똘 뭉친 채 오늘도 오직 생계를 위해 주야장천 삽질만 해대는, 그저 그런 변호사의 삶을 툭 던져놓는다. 어떤 면에서는 나만 구독하는 1인 방송일 수도 또 어떤 면에서는 10년 전 드라마를 삼탕, 사탕까지 하는 케이블 채널일 수도 있다.

하지만 이 하나 마나 한 잡담을 통해 흔히들 갖는 변호사에 대한 해묵은 오해와 편견이 다소나마 해소됐으면 좋겠다. 특별할 것도 특이할 것도 없는 보통의 생계형 직장인 중 1인의 뻔한 일상을 뼈가 하얘지도록 우려냈지만, 소름 돋을 만큼 똑같은 일상을 견디고 사는 이 땅의 직장인들에게 '아, 나만 공들여 삽질하며 사는 건 아니었구나' 하는 정도의 공감만 얻을 수 있다면 더 바랄 게 없다.

I 생계형 변호사의 노동하는 시간

II 생계형 변호사의 현타 오는 순간

III 생계형 변호사의 반복되는 일상

I

생계형 변호사의
노동하는 시간

_안녕 못하신 고객님들이
안녕하게 되실 일을 하고 있습니다

사실 변호사는

용가리도 아니고

통뼈도 아니다.

대체 누구 편이냐 물으신다면

저는 고객님 편인데요.

오전 느지막한 시간에 사무실에 들어섰더니 우리 팀 스태프가 왜 이제야 오느냐며 화색이 되어 나를 반긴다. 맨날 보는 얼굴이 새삼스럽게 저리 반가울 리 없는데 뭔가 수상하다. 오늘이 월급날인가 잠시 생각하다, 아직 통장에 지난달 월급님 온기가 남아 있어 "아직 며칠 남지 않았어요?" 했더니 "뭐가요? 권 여사님 아까부터 오셔서 기다리고 계세요"라는 말이 돌아왔다. 눈앞이 아득해진다. 아, 그거였구나. 어쩐지 반기더라니.

권 여사는 꽤나 딱한 사람이었다. 가난한 부모 밑에서 8남매 중 막내딸로 태어나 중학교를 마친 뒤 더는 거머리가

득실대는 남의 논 허드렛일이 하기 싫어 무작정 고향을 떠났다. 그 후 서울, 인천, 부천 등지를 떠돌며 재봉하는 '공순이'가 되었다가 역전 다방 '미스 김'도 되어보고 곰팡내 가득한 지하 주점에서 메리인지 세리인지 아무튼 알 수 없는 이름으로 술도 따르며 닥치는 대로 살았다.

이때가 무려 30여 년 전이니 나이 어린 여성이 혼자 생활하기에 얼마나 혹독한 환경이었겠는가. 남보다 곱절은 팍팍한 삶을 견뎌서인지 외로움 또한 곱절로 커서, 바람처럼 가벼운 남자라도 혹시나 좋은 사람이려니 믿고 결혼도 두어 번인가 했지만 역시나 바람처럼 떠나버렸다. 이래저래 지지리 복 없는 년이라 자책하며 이제 남편 따위 없어도 그만이라 생각하고 살았건만, 그의 나이가 쉰을 넘어 만난 지금의 남편은 어쩐지 그동안의 뜨내기 잡놈들과는 달리 성실해 보여 다 늦은 나이에 다시 한 번 백년가약을 맺었다고 했다.

하지만 자기 입버릇처럼 그는 정말 '지나치게 행운이 없는 여성'이었는지, 남편은 결혼 후 석 달 만에 근면성실 콘셉트를 깨끗이 벗고 사업이다 뭐다 하며 마누라의 피땀 같은 돈을 게 눈 감추듯 갉아먹었다. 그러고도 모자라 매일 돈, 돈 하며 사람을 볶아대거나 방구석에 틀어박힌 채 소주병만 불어대니 참다못한 권 여사는 2년 만에 이혼을 결심했고 어찌

어찌 흘러와 나를 만나게 된 거다.

여기까지는 참으로 운 나쁜 중년 여성의 인생 드라마였던지라, 나는 권 여사의 지난한 삶에 거의 경의를 표할 정도였다. 그런데 모든 걸 내던진 채 독기만 품은 그는 이제 막 시작한 소송을 기구한 삶의 반전 드라마로 만들기로 마음먹었고, 그때부터는 내 일상이 기구해지기 시작했다.

통상 이혼소송을 제기하면 단순히 이혼만 청구하는 데서 그치지 않는다. 부부가 혼인 생활 중 공동으로 형성한 재산을 분할해달라는 청구(재산분할 청구), 상대방의 잘못으로 혼인이 파탄에 이르러 정신적 고통을 받았으니 이를 배상하라는 청구(위자료 청구)가 더해진다. 그런데 재산분할은 어디까지나 부부가 혼인 중 공동의 노력으로 형성·유지·증식한 재산이 실재實在할 때나 가능하다. 위자료 또한 당사자가 겪은 정신적 고통을 스스로 계량해 억울한 마음이 씻은 듯 사라질 만큼의 금액을 책정하면 좋겠지만 현실은 판사가 혼인파탄의 귀책 등 당사자 간의 사정을 종합적으로 고려해 이른바 '적정 수준'에서 책정할 뿐이다.

하지만 이미 마음속에 산란기 까치복만큼이나 독기를 가득 품은 권 여사가 저까짓 원론적인 설명에 쉬이 수긍할 리 없었다. 내가 볼 때 그의 남편은 방울 두 쪽 외에는 가진 게 없는 사람임이 분명했다. 그럼에도 그는 자신이 혼인 생활 중 경험한 마음속 천불의 화끈함을 끝없이 내게 일러주며 위자료 3억 원 정도는 '껌값'이라고 했다. 여사님 잡수시는 껌 한 쪽 사려면 나는 10년간 숨만 쉬며 돈을 모아도 모자라겠다며 짐짓 농지거리를 떨어도 그의 껌값에는 에누리가 없었다.

오히려 권 여사는 '그저 처먹고 싸재끼는 거 말고 할 줄 아는 게 없는 모질이 놈' 먹여 살리느라 부부의 재산이라고는 수저 한 벌밖에 남지 않았으니 대신 시부모의 집이라도 나눠 가져야 하지 않느냐고 했다. 남편 얘기를 할 때마다 분기탱천해 허공을 가르는 그의 주먹이 어쩌면 내게 향할 것만 같은 불안감에 "아이고, 여사님 고정하세요"를 연발하며 주저리주저리 위로도 해보았건만 소용없었다. 그는 기어이 수단, 방법 가리지 않고 남편을 때려잡아서는 신혼 첫날 사다 먹인 박카스 한 병까지 게워내게 만들 기세였다.

사실 권 여사뿐만 아니라 변호사를 찾는 의뢰인 대부분은 이미 상대방에 대한 분노와 적개심, 복수심 등으로 가득 차 무조건 상대방을 박살 낼 방법만 찾는다. 금전 청구의 경우 내가 보기엔 그야말로 인용될 가능성이 지극히 낮은 터무니없는 수준임에도, 머리끝까지 격분한 의뢰인에게는 그 나름의 계산에다 지금껏 받은 '정신적 고통'을 더한 지극히 정당한 수준이 된다. 혹은 되든 안 되든 일단 거액을 청구해놓아야 상대방에게 한 방 먹인 듯 다소간의 위안을 얻는다고들 했다.

하지만 소송은 상대방에 대한 감정만으로는 결코 이길 수 없다. 흔히 말하듯 '법대로' 하자면 더욱 그렇다. 여기서 법리적인 '썰'을 풀어가며 잘난 척할 것도 없이 그동안 내가 이 바닥을 굴러다니며 경험해본 수백 건의 소송이 모두 그랬다.

특히나 이혼 위자료 내지 재산분할 청구소송에서 원고의 청구가 에누리 없이 그대로 인용되는 경우는 드물다. 그런데 원고는 거액의 금전을 청구할수록 그에 비례해 변호사 보수와 인지 등 소송비용도 많이 부담해야 하고, 일부라도 패소할 경우 그 부분에 해당하는 청구 금액을 받지 못함은 물론 상대방의 소송비용까지 물어내야 한다. 상대방은 상대방대로 원고의 비현실적인 청구를 자신에 대한 거친 공격으로 받아들인 나머지, 적반하장이 되어 이판사판 막장 싸움을 걸어온다. 여기에다 권 여사의 경우처럼 상대방이 땡전 한 푼 없는 알거지 신세라면 원고는 일부 승소한 부분에 관해서조차 아무런 만족을 얻지 못하고, 판결문은 오랜 시간 비싼 돈 들여 얻은 종잇조각에 불과해진다. 결국 원고는 섣불리 과다한 금전 청구를 했다가 오히려 안 봐도 될 손해를 보게 되고 이

겨도 이긴 게 아닌 허망한 지경에 이를 수 있다.

이런 취지에서 나는 권 여사가 나름의 셈법으로 책정한 위자료가 왜 과다한지, 시부모의 집을 분할해 갖겠다는 청구가 어째서 불가능한지, 쥐뿔도 없는 남편의 방울 한쪽이라도 떼어달라는 요구는 또 얼마나 터무니없는 것인지 등을 최선을 다해 차근차근 설명해주었다.

그러나 권 여사는 자신이 지극히 당연하다고 생각해서 마련해온 각종 요구 사항에 이건 이래서 어렵고 저건 저래서 어렵다고 사사건건 태클을 걸어대는 변호사가 퍽이나 마뜩잖았던 것 같다. 그는 돌연 "변호사님은 대체 누구 편이신 거예요?"라고 날을 세우며 눈을 부릅떴다. 어린 시절 『소설 삼국지』를 수십 번씩 읽은 『삼국지』 덕후였던 나는 "장비가 고리눈을 부릅뜨고"라는 대목에 이르면 늘 '고리눈'이 대체 무엇인지 의아스러웠다. 그런데 이날 권 여사의 눈을 보고서야, 비로소 나는 '고리눈'이 무엇인지 정확히 알게 되었다.

그런데 내가 누구 편이겠는가. 당연히 수임료를 지불한 고객님 편이다. 글로 배운 고리눈의 실사판을 보고 약간 움찔하긴 했지만 그래도 뻔한 물음에는 뻔한 대답이 정답인지라 "저는 여사님 편이죠"라고 했더니 그게 또 맘에 안 들었나 보다. 그는 쥐방울만 한 회의실이 쩌렁쩌렁 울릴 정도로 책상을 탕탕 치더니 "그럼 대체 할 수 있는 게 뭐예요?"라거나, "그렇게 얘기할 거 같으면 제가 변호사 안 샀죠. 안 되는 걸 되게 해주는 게 변호사 아니에요?"라며 내 역할에 근본적인 의문을 제기했다.

네, 아닌데요.

변호사는 안 되는 걸 되게 해주는 사람이 아니다. 가인 김병로 선생(우리나라 초대 대법원장)께서 변호사로 부활하신들 안 되는 걸 되게 해줄 수는 없다. 내가 변호사라서 안 되는 걸 되게 해줄 수 있었다면 나는 진작 만수르 뺨치게 돈을 벌었을 거고 진작 은퇴해서 1년 365일 주점 골든벨이나 울리며 한량으로 살았으리라.

그럼 대체 변호사가 할 수 있는 건 뭘까? 변호사는 차라리 될 만한 걸 쉽게, 빠르게, 확실하게 해주는 사람에 가깝다. 첫 만남부터 내 직업의 존재 의의에 대한 근본적 질문을 받고 적잖이 자괴감이 들었으나, 권 여사를 비롯한 고객님들이 있어 오늘도 어찌어찌 생계를 이어나갈 수 있다는 생각에 가까스로 마음의 평화를 되찾았다.

"여사님, 전부 안 된다, 못한다는 게 아니고요"부터 시작해서 '이건 이래서 안 될 것 같고 저건 저래서 어려울 것 같고 여차저차한 방향이 실리 면에서 가장 유리할 것 같다, 그럼에도 처음 생각하신 청구를 관철하시겠다면 그 역시 아예 불가능이라 단정할 수는 없으니 원하시는 대로 진행해드리겠다'는 취지로 한참을 주절주절했더니 그는 다소 누그러지기는 했지만 여전히 퉁명스러운 말투로 '생각 좀 해보고 오겠다'며 돌아갔다.

...

옥신각신했던 첫 만남 이후 권 여사는 하루가 멀다 하고 사무실을 찾아왔다. 내가 이 바닥 생활을 하면서 그나마 좋았던 게 출근 시간에 별로 제약이 없다는 점이었는데, 그가 찾아오면서부터 나는 직장 생활의 큰 장점을 잃었고 대신 부질없는 영광을 하나 얻었다. 웬만한 세상 풍파 따위 악으로 깡으로 쪼개며 살아온 인생 만렙의 권 여사는 어찌나 부지런한지 항상 사무실 문이 열리기도 전에 찾아왔고, 매번 고객님을 기다리게 할 수 없었던 나는 뜻밖에도 출근 1등의 영광을 누리게 된 것이다. 내 인생에 뭐든 앞에서 1등 하는 일은 없을 줄 알았는데, 생각해보니 이걸로 숙원도 하나 푼 셈이다.

매일같이 찾아와서 무슨 말을 그리 많이 했을까 싶지만, 초반에는 대체로 첫 만남 때 했던 위자료 청구의 당부나 재산분할 청구의 가부 등에 관한 조언을 반복하는 것뿐이었다. 나는 음악은 1도 모르는 문외한, 까막눈이지만 어쩐지 도돌이표가 잔뜩 들어간 곡을 연주하는 느낌이 들었다. 중반 이후에는 왜 그렇게 되었는지 잘 기억나지 않지만 소송의 핵심에서 벗어나 일상적인 수다가 주를 이루었고 잔뜩 신이 난 권 여사는 늘 새로운 레퍼토리와 함께 남편의 못난 점을 꼼꼼히 일러주었다. 나는 어쩐지 '세상 못난 남편'과 '세상 불행한 아내'가 등장하는 일일드라마를 보는 기분이 들었는데, 흡입력이 어찌나 대단한지 주인공(물론 권 여사다)이 꼭 복수하길 바라는 시청자의 마음이 되곤 했다.

그날도 권 여사는 나를 보자마자 특유의 구성진 말투로 남편의 악행, 시부모의 배신, 세상의 부조리, 한국 사회의 구태 등을 깨알같이 쏟아냈는데, 나는 소 제기를 예정하면서도 아직 기본적인 방향조차 결정되지 않은 이 상황이 문득 초조해져 "여사님, 이제 방향을 결정하실까요? 위자료 청구랑 재산분할 청구 부분 이렇게 정리하실 건가요?"라고 선을 그어 물었다. 그러자 그는 한동안 나를 쳐다보더니 "아유, 난 몰라요. 변호사님이 알아서 잘해주세요"라며 도리어 공을 넘겼다.

변호사는 대리인이다. '남의 일'을 하는 사람이기 때문에 변호사가 자기 멋대로 판단해서 일을 하면 곤란하다. 적어도 사건 진행의 기본 방향은 의뢰인 본인이 결정해야 한다. 변호사는 다만 올바른 결정을 하도록 조언해주고 의뢰인의 결정대로 그의 일을 해주는 역할일 뿐이다. 의뢰인 입장에서도 변호사의 조언을 받아 스스로 결정해야 나중에 결과가 기대에 못 미치더라도 후회하지 않는다.

내가 이런 얘기를 해주며 이미 충분히 조언을 드렸으니 궁극적인 선택은 본인 몫이라고 하자, 권 여사는 "아니 뭐 못 하신다고만 하시고, 저보고 하라고만 하시고……"라며 볼멘소리를 조금 하다 이내 볼일이 있다며 자리를 떠버렸다.

이후 권 여사는 다시 찾아오지 않았다. 여사님 성격이라면 다른 변호사를 찾아가 당초 원했던 대로 소를 제기하지 않았을까 싶다. 나는 출근 꼴찌의 고즈넉한 삶을 되찾았지만 어딘지 마음이 헛헛해졌다. 어떻든 불행한 삶을 살아온 그에게 '안 된다', '어렵다' 소리 좀 적당히 하고 '될 것 같다', '되도록 해보자'는 식으로 좋게 얘기해줄 걸 하는 후회도 들었다.

그렇지만 고객들에게 매양 밝고 희망적인 말만 해줄 수는 없다. 고깝게 들릴지언정 주어진 상황에서 가장 현실적인 방안, 가장 실리에 근접한 방안을 제시하는 것이 의뢰인을 위해 변호사가 할 일이고 해줄 수 있는 일이다. 내가 심각한 비관론자에 안전제일주의자인 탓도 있겠지만 그래도 근거 없

할 수 없는 것만 빼고 다요.

는 낙관보다는 감수된 비관이 덜 위험하고 감언^{甘言}보다는 고
언^{苦言}이 이로운 법이다.

변호사 불러주세요

변호사가 와도 대신 답해드리지 않아요.

미드 중에서도 수사물이나 법정물 좀 봤다 싶은 사람들에게는 익숙하기도 하고 다소 진부하기도 할 플롯 하나.

여기 으리으리한 천조국 부자 동네에 세상 오냐오냐는 혼자 다 받고 자란 철없는 부잣집 아들내미가 있다. 이 친구…… 어찌나 구제 불능인지 눈만 뜨면 온갖 난봉과 기행을 일삼는데 그 수준이 우리나라로 치면 놀부 심술 뺨치는 터라 우는 아이 붙잡아다 발가락 빨리고 임산부 배에 돌려차기 하고 똥 누는 사람 쫓아가 주저앉히고 멀쩡한 사람 시비 걸어 수염을 뽑아버리는 뭐 그런 '망나니 오브 망나니'다.

그렇게 천둥벌거숭이처럼 하지 말라는 짓만 골라 하다

우여곡절 끝에 경찰에 체포됐지만, 여전히 정신 못 차린 망나니 도련님은 조사실에 거의 누운 채로 앉아서는 마주 앉은 경찰관의 연봉이나 조롱한다.

결국 화가 머리끝까지 치민 경찰관이 도련님 눈앞에 결정적 증거를 툭 하고 내던지자 비로소 망나니의 낯빛이 변하더니 다급히 이렇게 외친다.

"변호사 불러주세요. 변호사 올 때까지 한마디도 하지 않을 겁니다."

망나니의 콜을 받고 쏜살같이 찾아온 변호사는 망나니가 경찰관에게 오늘 점심 메뉴 따위를 얘기할 때도 끼어들어 "제이슨, 그건 얘기하지 마요"라거나 "제이슨, 그건 내가 설명할게요"라며 거의 피의자 역할을 대신한다.

망나니 입장에서야 변호사 이놈, 그동안 돈 들인 값 좀 하는구나 싶지만 경찰관이나 시청자 입장에서는 변호사 저놈, 먹다 버린 포도 껍질에서 피어나는 초파리처럼 아주 성가시고 번거롭다.

미드에나 있을 법한 과장된 얘기 같지만 사실 우리나라에서도 일부 가능한 얘기다. 피의자는 조사에 앞서 변호사를 불러달라 할 수 있고(다만 사선변호인이 있을 경우의 얘기다. '피의자'는 수사기관의 수사대상인 사람으로, 수사를 마치고 기소

되어 재판을 받는 중인 '피고인'과는 지위가 다른데, 이미 공고히 자리 잡은 피고인 국선변호인 제도와 달리 우리나라의 피의자 국선변호인 제도는 2019년 현재 '형사공공변호인 제도'라는 이름으로 걸음마 단계에 있다), 변호사가 있건 없건 일체의 진술을 거부할 수도 있다.

이는 피의자의 권리 가운데 '변호인의 조력을 받을 권리'에서 기인하는데, 피의자가 수사기관의 조사를 받을 때 변호사가 동석해 조력하는 일을 변호사 입장에서는 이른바 '조사 입회'(정식으로는 '변호인의 피의자신문 참여')라 한다.

그런데 우리나라의 변호사 조사 입회는 앞에서 본 미드의 경우와는 좀 다르다. 조사 입회라는 것이 과거 국가 권력이 서슬 퍼렇던 시절 피의자신문 도중에 자행된(이라고 하기엔 2000년대 초반까지도 자행된) 수사기관의 폭언, 구타, 밤샘 조사 등 고문과 가혹행위를 근절하고 피의자의 인권을 보호한다는 목적으로 고안된 것이다 보니, 실제 조사에 참여한 변호사의 역할은 매우 제한적이다.

우선 피의자가 애타게 부른 변호사가 와도 변호사는 경찰관이나 검사의 신문에 피의자를 대신 혹은 대리해 답변할 수 없다. 수사기관의 신문 대상은 피의자이지 변호사가 아니고, 형사사건에서 변호사는 피의자의 '대리인'이 아닌 '변호인' 지위에 있기 때문이다.

그러니까 미드나 영화에서처럼 수사기관의 추궁에 눌려 뭔가 우물쭈물 털어놓으려는 피의자의 입을 막고 변호사가 나서서 이러쿵저러쿵 대답하는 일은 있을 수 없는 것이다. 만약 실제로 그랬다간 수사 방해 등의 이유로 조사실에서 쫓겨난다.

그럼 수사기관이 질문할 때마다 변호사가 피의자더러 이렇게 대답해라, 저렇게 대답해라, 이건 말해라, 저건 말하지 마라 등으로 즉석 코치를 하는 건 될까?

물론 안 된다. 그렇게 대놓고 피의자의 진술을 코치하고 있으면 변호사는 다시금 수사 방해 등의 이유로 조사실에서 쫓겨날 수 있다.

다만 변호사는 조사 중이든 조사 후이든 필요한 경우 자신의 의견을 밝힐 수 있는데, 그래봤자 수사기관은 "네. 네. 아 그러시구나"라고만 할 뿐 대체로 귀담아듣지 않는 편이다. 더 적극적으로는 조사 전 면담 시간이나 조사 중 휴식 시간 등을 이용해 피의자에게 적절한 조언을 할 수 있지만 이것도 어디까지나 '조언'이지 이렇게 말해라, 저렇게 말해라 하는 식으로 아예 진술을 만들어줄 수는 없다.

그럼 변호사가 피의자 옆에 찰떡같이 붙어서 수사기관의

일거수일투족을 '저장'하는 건 어떨까?

역시 안 된다. 변호사는 피의자의 기억 환기 등을 위해 조사 내용을 간단히 메모할 수 있으나 조사 전 과정을 기록할 수는 없고 녹음이나 촬영 같은 건 긴말 필요 없이 안 된다. 게다가 이 '메모'라는 것도 원래는 수기手記만 허용하다 2020년 4월 6일부터 경찰 조사 시 휴대전화나 노트북 등 전자기기 사용이 허용되었는데, 어디까지가 '간단한 메모'고 어디부터가 '안 간단한 메모'인지 명확한 기준이 없다. 그러니 변호사의 메모에 딴지를 걸지 말지는 그날의 수사관 기분에 달린 셈이다.

결국 조사 입회 변호사의 가장 큰 쓸모는 신문訊問 과정에서 수사기관의 반말, 욕설, 모욕, 폭행 등 혹시 모를 피의자 인권침해를 막고, 마치 보호자처럼 그 존재만으로 피의자의 잔뜩 위축된 심리를 안정시키는 데 있다. 그 외에는 딱히 할 수 있는 것도, 해줄 수 있는 것도 없어서 변호사들은 대체로 조사 입회에 가기 싫어한다.

게다가 변호사는 기본적으로 자기가 가진 시간을 팔아서 먹고사는 존재인데, 수사기관의 조사는 대체 시간이 얼마나 걸릴지 언제 시작해 언제 끝날지 알 수 없다. 그렇다고 요즘같이 한두 다리만 건너도 아는 변호사 몇 명 구하는 것쯤 일도 아닌 세상에 의뢰인이 입회에 투입된 변호사의 시간값을 넉넉히 쳐주지도 않는다.

조사 입회를 둘러싼 변호사와 의뢰인의 갈등은 이런 한계 때문에 생겨난다. 의뢰인은 조사 입회 변호사가 모든 걸 알아서 해줄 거라 믿지만 실상을 깨닫는 순간 실망은 배가 되기 마련이다.

···

봉식 씨도 바로 그런 경우였다.

봉식 씨는 자그마한 건설업체를 운영했다. 한때는 소규모 아파트도 건축하고 부동산 시행사업까지 손을 대는 등 잘나갔으나 늘 그렇듯 경기란 찰나의 호황 뒤에 늪 같은 불황이 이어지기 마련이라, 반짝 호시절이 끝난 봉식 씨의 사업은 날이 갈수록 더 깊은 늪을 찾아 헤매게 되었다.

이러느니 저러느니 먹고살기 힘든 가운데 봉식 씨는 한 푼이라도 더 벌어보겠다며 자신의 사업체 이름으로 한 아파트 관리업체 모집에 참여했고 운 좋게 관리업체로 선정됐다. 쥐꼬리 같은 용역비 수입이었지만 봉식 씨는 그저 감사하며 나름대로 성실히 업무를 해나갔다.

그러던 한겨울의 어느 날, 봉식 씨는 아파트 입주민들에게 징수한 관리비를 사적 용도로 소비하는 등 업무상횡령죄를 저질렀다는 혐의로 수사기관의 조사를 받게 되었다.

문제는 운영하던 사업체가 결국 부도 위기에 처하면서, 회사 계좌로 계속 아파트 관리비를 수령할 경우 채권자들이 득달같이 달려들어 계좌를 압류하고 예치된 돈을 홀랑 털어갈까 염려한 봉식 씨가 관리비 납부 계좌를 자신의 개인 계좌로 슬쩍 바꿔버린 데서 비롯했다. 아파트 입주민들은 지금껏 당연히 관리회사 계좌로 관리비 등을 납부한 줄 알았는데 이렇게 뒤통수를 칠 수 있냐며 격분했고, 교활한 봉식 씨를 엄벌에 처해달라며 고소장을 냈다.

사건 수임이 늦어진 탓에 부랴부랴 잡동사니를 챙겨 조사실에 올라갔더니 이미 봉식 씨는 차가운 돌바닥에 시선을 고정한 채 울상이 되어 있었다. 경제범죄 전문이라는 수사관은 커다란 모니터로 얼굴을 가린 채 이런 사건은 뻔하다면서 '부도를 면하려고 주민들 관리비를 몰래 해먹다 걸린 것 아니냐'는 둥 '꿍꿍이가 있으니까 계좌를 바꾼 것 아니냐'는 둥 자기 멋대로 설정한 스토리 안에 봉식 씨를 꾸역꾸역 밀어 넣는 중이었다. 이 나라 헌법은 분명 형사피고인의 무죄 추정 원칙을 규정하고 있는데, 수사 실무에선 헌법이고 나발이고 피의자 단계부터 유죄가 디폴트^{default}인가 착각할 뻔했다.

마치 울던 아이가 엄마 얼굴을 보면 더욱 자지러지는 것처럼 봉식 씨는 변호인이랍시고 허둥지둥 뛰어온 나를 보자 더욱 침울한 표정을 짓더니, 그때부터 아예 시선을 내 광대뼈 인근에 고정해둔 채 수사관이 무엇을 묻든 그쪽은 쳐다보지도 않았다. 그러고는 답답해진 수사관의 목소리가 하이톤 구간에 진입할 무렵이면 어김없이 나를 가리키며 "변호사 있잖아요. 변호사가 대답해줄 겁니다"라고 함으로써 수사관을 두 번 분노케 만들었다. 나는 나대로 수사관과 봉식 씨의 눈치를 번갈아 살피며 벌겋게 달아오른 얼굴로 온몸에서 진땀을 흘렸다. 그리고 이날 이후 나는 공공기관 난방이 약하다느니 하는 헛소리를 입 밖에 내지 않게 되었다.

이미 망할 대로 망해버린 조사 입회였으나 망부석처럼 꼼짝 않고 앉아서 의자만 데우다 갈 수 없었던 나는 울상이 된 봉식 씨를 화장실로 데려가 달래는 한편, 뭔가에 단단히 역정이 난 수사관에게 너무 다그치지 말아달라 사정해가며 한나절을 보냈다. 이윽고 땅거미가 질 무렵, 한숨과 역정만 반복하다 제풀에 지친 수사관은 다음에 이어서 조사하자며 그만 돌아들 가시라 손짓했고 그제야 봉식 씨와 나는 조사실을 나설 수 있었다.

수십 년간 서초동 자리를 지켜온 탓인지 수십 년간 맛도 제자리걸음을 하고 있는 국밥집에 마주 앉아 늦은 저녁을 아무렇게나 씹어 삼키던 중 봉식 씨가 한숨을 쉬며 퉁명스럽게 말했다.

"저는 변호사님 오실 때까지 아무 말도 안 하고 있었거든요. 변호사님 오시면 다 해결될 줄 알았는데……"

나는 아무 말도 하지 않고 그저 봉식 씨 인중에 달라붙은 대파 조각만 물끄러미 쳐다봤다. 그리고 우리의 대화는 그렇게 끝이 났다.

나중에 들은 얘기지만 봉식 씨를 엄벌해달라던 아파트 입주민들은 무슨 까닭인지 갑자기 오해가 풀렸다며 고소를 취하해버렸고 검사는 증거가 부족해 혐의가 없다는 처분을 내렸다. 엉겁결에 고소당해 조사실 해프닝을 겪었던 봉식 씨는 불기소 통지를 받자 괜스레 퍽퍽한 표정으로 두부를 우적거리며 '변호사 그거 있어봐야 아무 소용도 없더라'는 식의 소회를 밝혔다고 한다.

나는 한편으론 반가우면서도 어쩐지 씁쓸한 기분이 들었다. 봉식 씨는 변호사가 용가리 통뼈쯤 되는 줄 알았겠지만 사실 변호사는 용가리도 아니고 통뼈도 아니다.

그때 국밥집을 나서는 봉식 씨의 뒤통수에 대고라도 알

려줄걸.

"변호사가 와도 대신 답해주지는 않아요."

'우리 사이'의 함정

계약하는 데 오빠는 무슨.

"아 저 양아치들 진짜…… 아니 저래도 돼요? 저렇게 대놓고 막 위증하면 구속해야 되는 거 아니에요?"

높고 구름 없이 공활한 하늘이 딱 좋던 어느 가을날이었건만, 법원 문을 나서기가 무섭게 주희 씨는 원고와 원고 대리인을 개자녀, 소자녀 등으로 칭하며 참았던 울분을 쏟아냈다.

평소에도 괄괄한 성격 유감없이 뽐내던 다혈질의 주희 씨이긴 했지만 그날 귀가 따가울 정도로 날 선 비난을 퍼부은 까닭은, 구경 한번 하자며 찾은 현실 속 재판이란 게 그가 파자마 바람으로 숱하게 체험했던 TV 속 재판과는 영 딴판이었기 때문일 거다.

주희 씨는 젊은 시절 한국과 일본을 오가며 화류계에 몸 담았던 선수였다. 재능인지 노력인지 아무튼 나름대로 인기도 많고 잘나가서 이 가게, 저 가게 스카우트 제의도 많이 받았다고 했다. 그러다 슬슬 나이가 들어 후배들에게 자리를 넘겨줄 때가 되자 은퇴 후의 삶을 꾸리겠다며 본인 가게를 열기로 했는데, 언제나 그렇듯이 그놈의 돈이 문제였다. 부족한 오픈 비용을 어디서 마련할까 전전긍긍하던 중 '일본에서부터 친하게 지내던 오빠'라는 사람이 선뜻 돈을 빌려주겠다 나섰다. 게다가 '우리 사이'에 이자 그까이 꺼 적당히 성의 표시만 해서 형편 되는대로 갚으라는 파격적인 조건까지 내걸기에, 냉큼 그러마 하고 돈을 타 왔단다.

하지만 은퇴 후 퇴직금 털어 치킨집 오픈한 사람 열 명 중 여덟아홉은 치킨 본부 배만 불리고 망한다는 속설처럼, 주희 씨 역시 가게 하나를 시원하게 말아드셨다. 속상한 마음을 말로 풀자면 3박 4일도 모자랐을 테지만 그럴 여유 부리기엔 이리저리 꿔다 쓴 돈이 많았다. 주희 씨는 가게에 놨던 중고 위스키 글라스까지 몽땅 처분해 우선 '친한 오빠'의 돈부터 갚아주었는데 이 오빠가 갑자기 변덕을 부렸다. 그동안 밀린 이자가 원금을 넘어선 지 이미 오래라며 겨드랑이에 일수 가방 하나 꿰찬 채 하루가 멀다 하고 찾아와 빚 독촉을 하더라는 것이다.

쫄딱 망해서 딸내미 기저귀 살 돈도 마땅찮은 처지였던 주희 씨는 '친한 오빠'가 보이는 작금의 행태가 '우리 사이'에 비추어 몹시 적절치 않다는 취지로 수차 개선을 촉구했다. 그러나 그저 콧방귀나 붕붕 뀌어대던 오빠는 어느 날 밤 험상궂은 얼굴의 삼촌과 함께 집 앞으로 차를 몰고 와 주희 씨를 불러냈고, 얘기나 하자며 데려간 인적 드문 야산 중턱에서 연 39퍼센트 이자율이 명시된 대부계약서를 들이밀었다(2012년 당시에는 대부업자가 연 39퍼센트 이자를 받을 수 있었다).

그는 옛날에 다 약속했던 내용이니 좋게 좋게 가자며 어서 서명하라 채근했다. 주희 씨는 우리가 언제 그런 약속을 했느냐며 울분을 토했지만 그럴수록 오빠의 표정은 점점 구겨졌다. 명함에는 '(주)똘똘이 캐피탈 본부장'이라 새겨져 있으나 분명 본업은 따로 있을 것처럼 생긴 삼촌은 연신 차 트렁크에서 뭔가를 꺼냈다 넣었다 부산을 떨었다. 자칫하다 예정에도 없이 마대를 침낭 삼아 야산 중턱 양지바른 구덩이 안에서 숙면을 취하게 될까 겁이 난 주희 씨는 결국 사인을 해주었다고 했다.

그래도 주희 씨는 이미 갚을 거 다 갚은 마당에, 한밤중에 끌려가 마지못해 써주고 온 그깟 종이 쪼가리쯤 대수롭지 않게 여겼다. 당연히 돈도 더 이상 갚지 않았다.

오빠의 대응은 주희 씨의 예상보다 훨씬 빠르고 적절했다. 그는 더 이상 일수 가방 꿰차고 그녀를 찾아오는 수고를 하지 않았다. 대신 똘똘이 본부장과 어울려 다니며 어느 틈엔지 변호사까지 사서 '대여금 청구의 소'라는 제목이 선명하게 적힌 소장을 보내왔다.

더 이상 주희 씨가 알던 그때 그 오빠가 아니었다. 그는 '우리 사이' 따위 개나 줘버리고 진작 일수꾼 양아치로 변신해 있었으나, 주희 씨만 그 사실을 까맣게 몰랐던 것이다.

···

많은 사람이 재판을 통해 자신이 믿는 '진실'이 아주 쉽게 그리고 당연히 밝혀질 거라고 생각한다. 하지만 '정의는 언제나 승리한다'든지 '진실은 반드시 드러난다' 따위의 허무맹랑한 소리만 믿고 재판에 임하면 언제나, 반드시 패하고 그때까지 믿었던 진실은 순식간에 거짓으로 둔갑한다.

재판에서는 증거로 말하는 게 원칙이다. 제아무리 정의고 진실이고 나발이고 간에 증거로 뒷받침되지 않는 사실은 아무도 믿어주지 않는다. 친한 오빠와 똘똘이 본부장이 주희 씨를 야산 중턱으로 유인해 기어코 서명케 한 금전소비대차 계약서가 무효임을 법정에서 아무리 떠들어도 판사는 "그래서 강박에 의한 계약임을 입증할 자료는 어떤 게 있나요?"라고 되물을 뿐이다.

일단 계약서에 당사자가 서명하거나 도장을 찍으면 그로써 계약은 효력을 갖게 된다. 즉, 그 계약서는 당사자가 진정한 의사로 서명 내지 날인한 것으로 추정되고 그 계약은 당사자의 진정한 의사에 따라 성립한 것으로 추정된다(이 바닥에서는 이를 '2단의 추정'이라고 어렵게 부른다).

이런 추정이 복멸되려면 저 도장이 내 것이 아니라거나, 내 도장이 맞긴 맞는데 누가 훔쳐다 멋대로 찍었다거나, 아니면 내 도장을 내가 찍은 게 맞지만 죽일 듯이 협박, 강요당해 어쩔 수 없이 그랬다는 등의 사실이 증명되어야 한다. 그런데 주희 씨가 스스로 계약서에 서명한 사실은 객관적으로 다툼의 여지가 없는 반면 강박을 당했다는 사실은 도대체 입증할 방법이 없었다. 구구절절한 협박 편지도, 문자메시지도, 전화나 대화 녹음도, 계약 체결 장면을 촬영한 동영상도, 우연히 야산을 오르다 중턱에 세워진 차량 안을 똑똑히 목격한 등산객조차도, 무엇 하나 손에 쥔 것 없는 주희 씨에게 그날의 진실이 자연히 밝혀질 가능성이란 옹알이나 겨우 하던

젖먹이가 하루아침에 시국 논평을 늘어놓을 가능성보다 낮았다.

게다가 이런 사정을 일찌감치 눈치챈 오빠와 그 대리인은 기세등등해져 주희 씨가 한마디 할 때마다 한숨 가득 실소와 함께 끼어들어서는 판사에게 피고의 주장은 모두 사실이 아니라고 고함으로써 그의 속을 뒤집어놓았다.

거칠게 표현해 쌍방 당사자의 입장에서 재판이란 속고 속이는 싸움의 연속, 즉 누가 더 판사를 잘 속이는가를 두고 벌이는 경주와도 같다. 거짓말임이 명백히 탄로 날 만한 증거가 없다면 거짓말도 참말인 것처럼 쏟아낼 수 있고, 증인이 아닌 재판 당사자가 거짓말을 했다 한들 위증죄로 처벌되지도 않기 때문에 승기를 선점하려는 당사자는 있는 말 없는 말 가리지 않고 일단 퍼붓고 보는 것이다.

결국 석 달 뒤 주희 씨는 패소했고, 잔뜩 화가 난 채 나를 찾아와 또다시 개와 소의 열여덟 자녀를 거론하며 상대방을 씹어 먹을 듯 비난했다. 나는 덩달아 개자녀, 소자녀를 욕하는 것 외에 뾰족한 수를 내주지 못했다.

변호사를 찾아오는 사람들 가운데 상당수는 계약서를 잘못 써서 온다. 내용을 제대로 이해 못해서, 남의 말에 속아서, 상대방이 협박해서, 아니면 뭐 잘 아는 사람이 좀 써달라고 부탁하니까 등등 이유는 각양각색이지만 이미 체결된 계약의 효력을 뒤늦게 부정할 증거는 전무한 경우가 많기에 사실 변호사 입장에서는 매우 골치 아프고 어렵다. 진실은 흙 속에 파묻힌 채 스스로 빛나지 않는 법인데, 그걸 이 빠진 호미조차 없이 맨손으로 캐내기란 여간 곤란한 일이 아니다.

'세상에 믿을 놈 하나 없다'는 말은 괜히 있는 게 아니며 적어도 돈 문제에 관해서는 진리에 가깝다. 이 바닥 생활을 하면서 원래 가족과도 같은 사이였다는 사람들이 계약 때문에, 좀 더 까놓고 말하면 돈 때문에 원수만도 못한 사이가 되는 걸 숱하게 봤다. 한때는 서로 좋아서 죽고 못 살더니 이제는 미워서 죽고 못 살게 된 그들의 공통적인 문제는 서로가 그냥 하는 말을 너무 쉽게 믿었단 것이다.

나는 짐짓 잘난 척을 해가며 주희 씨에게 '다음부터는 계약서에 신중히 서명하시고 잘 모르겠으면 서명 전에 상담을 받으시라'는 등의 얘기를 해주었다. 그러나 울분에 찬 주희 씨는 한 귀로 듣기 무섭게 다른 한 귀로 흘려보냈고 얼마 지나지 않아 개명을 한 뒤 일본으로 건너가 버렸다는 소식만 전해질 뿐이었다.

청솔거사가 옥분 씨 몰래 맡겨둔 재산

내 건 내 거, 네 거도 내 거.

갑오년 유월 모일.

청솔거사 김광수가 최옥분에게 쓴다.

옥분이 보게. 자네와 내가 연을 맺고 산 세월이 어느덧 20여 년이 되었네. 비록 일신상의 이유로 혼례를 올리지는 못하였으나 우리가 함께한 세월을 돌이켜보면 여느 부부와 다를 것이 무엇인가. 그런데 자네는 내가 이 악질에 들고 나서부터 재산만 탐내어 처의 도리를 저버리고 나를 전혀 돌보지 않았지. 게다가 내가 아비로서 자식에게 해야 할 도리마저 못하도록 방해를 일삼았네. 나는 자네가 욕심에 눈이 멀어 부부간에 지켜야 할 덕목들을 모두 내팽개치는 모습을 보고 더 이상 우리의 연을 계속할 수 없다고 판단하였네. 이제 나는 이 글로써 지난한 세월 자네와의 연을 끊음과 동시에 변호사를 불러 그간 자네 앞으로 해두었던 재산을 되찾고자 할 것이니 그리 알게.

미색 A4지에 또박또박 적힌 김 영감의 메시지는 퍽 준엄하고도 확고했다. 그는 병든 남편을 제대로 돌보지 않은 죄, 남편의 재산을 탐낸 죄, 남편의 아비 노릇을 방해한 죄 따위를 물어 20여 년을 함께 살았지만 괘씸하기 이를 데 없는 처를 소박하고 그간 '맡겨둔' 재산도 가져가겠다는 식의 최후통첩을 날린 것이다.

내가 김 영감의 최후통첩을 읽으며 미간을 더듬는 동안 칠순이 가까운 최 여사는 붉게 상기된 얼굴로 냉수만 꿀떡꿀떡 들이켰다. 그러다 우연히 나와 눈이 마주치자 머금은 물을 목구멍에 밀어 넣는 것도 생략한 채 번개 같은 RPM으로 사자후를 날리며 김 영감의 삽질을 비난했다.

"봤어요? 아니 이게 말이야 거시기야 뭐야 응? 안 그래? 내가 근본 없는 영감탱이 불쌍해서 거둬줬더니 은혜도 모르고 말이야 응? 안 그래? 이거 봐, 이거 이거! 지가 무슨 거사래 거사, 지는 무슨 뭐 쇼크테라스고 나는 쇼크테라스 마누라 그거 나쁜 년이고 말이야, 응? 안 그래?"

거침없이 내지르는 최 여사의 독설은 흡사 프리스타일 랩과도 같았다. 가사 한번 저는 법 없이 어찌나 매끄럽게 회의실을 휘젓는지, 귓가에 때려 박히는 '쇼. 크. 테. 라. 스' 다섯 글자조차도 너무나 자연스러워 하마터면 '너 자신을 알라'던 그리스 영감님 존함까지 착각할 뻔했다.

처음엔 김 영감과 최 여사가 말로만 듣던 황혼 이혼을 하려는 것인 줄 알았다. 다만 두 사람이 사실혼(혼인신고를 하지는 않았으나 혼인의 의사를 갖고 사실상 혼인 생활을 하는 관계를 말한다. 법률혼보다는 덜하고 단순 동거나 약혼보다는 더한 관계 정도로 생각하면 쉽다) 관계였기에 김 영감이 이혼 소장 대신 장문의 서찰을 남겨 사실혼 관계 해소 의사표시를 한 것이라 생각했다. 그런데 최 여사의 사자후를 계속 들어보니 김 영감은 '옥분이 보게'로 시작하는 명문을 남긴 다음 날 사망했고, 김 영감이 사망하기 며칠 전쯤 뜬금없이 나타난 그의 아들은 영감님 무덤의 흙이 채 마르기도 전에 부친의 재산분할 청구권을 상속했다며 최 여사를 상대로 소송을 걸어왔다는 것이다.

부부가 이혼할 경우 상대방에게 재산분할을 요구할 수 있는 것처럼, 사실혼 관계인 경우에도 좋았던 시절이 끝나고 각자의 길을 걷게 되면 공동의 노력으로 이룩한 재산에 대해 분할을 요구할 수 있다. 하지만 최 여사, 김 영감 그리고 그 아들을 둘러싼 사실관계는 생각보다 복잡하고 한편으로는 매우 이상하기 그지없었다.

김 영감은 무적자無籍者였다. 말 그대로 그는 호적에 없는 사람이었고 평생 주민등록번호 한 번 가져본 적이 없었다. 김 영감이 어쩌다 무적자가 되었는지, 언제부터 무적자로 살았는지는 아무도 알지 못했다. 그러나 적이 없는 탓에 김 영감은 실제로는 이 세상에 존재했더라도 법적으로는 이 세상에 존재하지 않는 도깨비와도 같았고, 김 영감의 지난한 삶 역시 이 세상에 실재하지도 부재하지도 않는 애매한 것이었다.

젊은 시절 김 영감은 혼례를 치르고 슬하에 아들을 두기도 했지만 어차피 무적인 처지에 혼인신고 따위가 제대로 이루어질 리 없어 대강 사실혼 관계로 살았다. 그렇게 몇 년이 지났을 무렵 김 영감은 전처에게 싫증이 나 결국 갈라서기로 했고 엄마를 따라간 김 영감의 아들은 그때부터 오씨 성을 쓰게 되었다. 처자식을 떠나보낸 후에도 그저 내키는 대로 바람 같은 삶을 살던 김 영감은 우연히 최 여사를 만났고 이미 반백 살이 다 되었는데 번거롭게 취적(무적자가 새로이 호적을 만드는 것인데, 호주제가 폐지된 현재는 '가족관계등록 창설'을 한다) 따위 알게 뭐냐며, 그저 우리끼리 마음으로 부부면 된 것 아니냐고 멋대로 퉁 친 채 20여 년을 또 사실혼으로 지냈다.

그러던 어느 날 김 영감은 자꾸만 속이 쑤시고 더부룩해 찾은 병원에서 덜컥 췌장암 말기 판정을 받았다. 이 병원 저 병원 다니며 소생을 위해 안간힘을 써보았지만 몇 달 못 가 병상에 누운 채 간신히 숨만 쉬며 오늘내일하는 처지가 되었다. 그리고 최 여사가 병시중을 든 지 딱 사흘째 되던 날, 김 영감의 아들이라며 오 씨가 병원을 찾아와서는 간병을 자처했다. 최 여사는 20여 년간 얼굴 한번 본 적 없는 오 씨가 도대체 어떻게 알고 김 영감의 병실까지 찾아왔는지, 못다 한 아들 노릇 이제라도 하겠다며 산 사람 붙잡고 수시로 곡을 하는데 정작 눈가는 어째서 그리 건조하기만 한지 의아했으나 그래도 김 영감의 하나뿐인 핏줄을 밀어낼 수 없어 오 씨가 멋대로 병실에 출입하도록 놔두었다.

그런데 오 씨는 처음 병원을 찾아온 날부터 쉬시라는 핑계로 최 여사를 자꾸만 밀어내더니, 며칠이 지나자 아버님이 불편해하신다며 최 여사를 병원 근처에 얼씬도 못하게 쫓아내고 김 영감을 독차지했다. 나름의 할 도리를 다하던 와중에 뜬금없이 등장한 오 씨에게 내쫓김을 당한 최 여사는 아닌 밤중에 홍두깨도 이런 홍두깨가 없을 지경이었으나, 뭐라 따질 겨를도 없이 김 영감은 홀연히 먼 길을 떠나버렸다. 그리고 김 영감의 장례를 치르자마자 오 씨는 최 여사의 재산이 사실은 김 영감의 것이고 자기 이름으로는 통장 하나 가질 수 없었던 김 영감이 부득이 최 여사의 이름을 빌려 재산을 소유했던 거라며 냉큼 소송을 제기했다.

오 씨의 주장에 따르면 김 영감은 일제시대와 미군정시절을 겪으면서 3개 국어에 능통했고 신묘한 통찰력과 혜안으로 만물의 이치를 통달해 세태 변화를 정확히 감지할 수 있었으며 특히 법학·경제학·철학·문학 등에 조예가 깊어 젊은 시절부터 만석꾼 못지않은 재산을 축적할 수 있었다고 했다. 다만 취적이 되지 않은 채 살다 보니 어쩔 수 없이 다른 사람 이름으로 재산을 소유할 수밖에 없었다. 그러니까 최 여사는 김 영감의 마지막 재산관리인 같은 존재였는데, 김 영감이 죽기 전 자필로 서찰을 작성해 그간의 관계를 절단내버렸으니 평생 영감님 돈으로 놀고먹은 최 여사는 이제 아버님 유산을 돌려놓으라는 것이었다.

...

최 여사의 사건은 처음 받아 들었을 때는 그저 이상했고 사건이 진행될수록 점점 이상했으며 법원의 최종 판단을 받았을 땐 확실히 이상했다. 세상에 뭐 이런 일도 다 있구나 싶었고 어디 가서 풍운아랍시고 명함 좀 내밀어보려면 김 영감 정도 인생사는 돼야겠구나 싶었다.

일단 평생을 도깨비처럼 살아온 그의 삶 자체가 신비롭기 그지없다. 게다가 평소 김씨 성을 쓰는지 오씨 성을 쓰는지도 몰랐던 아들은 영감님이 중병으로 입원하시자마자 갑자기 피눈물을 흘리며 들이닥쳤다. 김 영감은 김 영감대로 죽음이 임박해 혼자 숨 쉬기도 버거운 처지에 돌연 벼락같은 문장력이 생겨나 사실혼 관계 해소와 재산분할을 요구했다. 이건 뭐 도대체 상식과 맞아떨어지는 게 하나도 없었다.

그중에서도 압권은 도탄에 빠진 세상을 홀로 구원할 정도의 경륜을 지닌 재사ォ± 중의 재사 김 영감이, 그 경륜의 100만 분의 1만 썼어도 충분히 이뤘을 취적을 유독 등한시해 평생 모은 재산도 남의 이름으로 갖다 놓았다는 대목이었다. 만약 오 씨의 주장이 사실이라면 강태공이나 제갈공명 뺨치는 혜안을 가진 김 영감은 일신의 부귀 따위 진작 초월한 채 그저 세월이나 낚으며 세상에 나아갈 때를 기다리다 불운하게 생을 마감한 셈이었고 이 나라는 그 큰 인재에게 주민등

록번호조차 내어주지 않는 졸렬함을 보인 것이었다.

"그 참…… 뭔가 말로 표현하기 힘든데 아무튼 좀 많이 이상하네요."

내가 기록을 내려놓고 조심스레 소감을 밝히자 최 여사는 원통함이 극에 달해 하소연을 쏟아냈는데, 이미 분노가 이성을 삼킨 지 오래라 하는 말의 태반은 그 옛날 뱃사람 못지않게 걸걸한 욕이었다. 하지만 그가 두서없이 집어 던지는 말들을 주워다 놓고 차분히 곱씹어보면 사실 최 여사야말로 장자방 못지않은 안력을 가진 사람이었다.

흙수저를 물고 태어난 최 여사는 우리말 맞춤법도 서툴렀고 법학·경제학·철학·문학 같은 건 붕어빵 봉투에서 스치듯 읽은 게 다였지만, 젊은 시절부터 부동산업자 밑에서 일하며 어깨너머로 땅따먹기를 배웠다. 한강 남쪽이기만 하면 아무 데나 삽을 꽂아도 노다지라 할 만큼 개발이 호황이던 시절, 장차 대박을 칠 거라는 동네는 죄다 쫓아다녔고 타고난 감각으로 금세 스승 노릇 하던 부동산업자를 뛰어넘어 부동산 알박기, 노른자 빼먹기의 달인이 되었다.

땅 보는 눈이 트이고 짭짤한 재미도 보기 시작하자 옷 한벌로 1년을 버틸 만큼 아끼고 아껴서 노른자만 한 뼘 두 뼘씩 사 모았는데, 인내심이 강하고 시야도 넓어 투자에 나설 때는 최소 20년 뒤를 내다보는 대인배였다. 그 덕에 쉰을 맞이할 무렵 최 여사는 잠실동, 삼성동, 도곡동 같은 노른자 동네만 골라가며 아파트를 한 채씩 가진 알부자가 되어 있었다.

하지만 부자가 되었어도 마음은 여전히 가난에 시달렸는지 최 여사는 홀몸으로 독하게 헤쳐온 세월이 몹시 적적했다. 때마침 김 영감을 만나 어어 하다 보니 결국 부부 아닌 부부로 20여 년을 함께 살았다. 그 덕인지 그 탓인지 이제 평생 일면식도 없던 오 씨와 자식 같은 아파트를 놓고 법적 공방을 벌이게 되었는데, 오 씨는 제법 집요하고 치밀했다.

예를 들면 제대로 된 신분증 하나 없는 김 영감이 소득 활동이든 사회생활이든 정상적으로 했을 리 만무하다고 지적하자 평소 김 영감과 사업을 했다는 파트너가 등장하고, 위독하던 사람이 죽기 직전에 활력이 생겨 구구절절 장문을 남기는 게 불가능하다고 지적하자 그 초안을 써주었다는 변호사가 등장하고, 오 씨와 더불어 김 영감이 직접 글 쓰는 모습을 지켜봤다는 오 씨의 사실혼 아내가 등장하는 식이었다. 재판이 진행될수록 마치 주머니에서 물건 꺼내듯 점점 더 정교하게 준비된 면모를 보이는 것이 신박하게 느껴질 지경이었다.

나는 평일 아침 드라마의 실사판 같은 이 사건을 도대체 누가 설계했을지 몹시 궁금해졌다. 최 여사는 물론 김 영감의 흉계일 거라 했다. 평소에도 생떼 쓰기에 도가 튼 욕심쟁이 영감이었으니, 암 말기 판정을 받고 돌아갈 날만 기다리게 되자 마지막으로 잔꾀를 내어 남의 아파트를 집어삼키려는 게 아니면 뭐겠냐는 거다. 하지만 중환자인 김 영감이 혼자서 이 일을 다 꾸미기에는 스케일과 디테일이 만만치 않았다. 사실 김 영감은 얼마 전까지만 해도 아들이 김 씨인지 오 씨인지조차 몰랐다. 이런 사정은 그 아들 오 씨도 비슷했을 테니 '아무래도 흑막은 따로 있을 것 같은데……' 하는 생각을 하던 차, 최 여사가 무심결에 중얼거리는 말이 들렸다.

"이상한 건 영감이 원체 하는 일이 없어서 허구한 날 집구석에만 있었는데, 죽기 얼마 전부터 자꾸 마실을 다니는 거야. 어디서 뭐 하고 다니느냐고 몇 번을 물어도 대답을 않더니 하루는 옛날 마누라가 무슨 좋은 사업 제안을 해 와서 자기가 고문을 맡기로 했다더라고. 여윳돈 있으면 투자 좀 하라길래 또 공갈친다 싶어서 싫다 그랬지."

아, 오 씨의 생모까지는 생각을 못 했는데……. 그 사람은 본래 사업하는 사람이냐고 물었더니 최 여사도 잘 모르는 눈치였다. 다만 "영감 말이 옛날 마누라가 자기랑 헤어진 뒤에 먹고살겠다고 변호사 사무실에서 한참 근무했다 하데. 난 얼굴도 몰라. 영감이 늘그막에 옛날 생각나서 찾았나 했지"라고 얼버무리는데 문득 촉이 왔다. 이 판의 숨은 설계자는 오 씨의 생모이고, 선수는 김 영감과 오 씨인 듯했다.

그러고 보니 김 영감이 최 여사에게 썼다는 글에는 장차 모 변호사를 통해 재산분할 청구를 하겠다는 내용이 있었는데, 사실혼 처에게 싫은 소리 잔뜩 적어 보내는 편지에 웬 변호사가 실명으로 등장하는 것도 무척 이상했다. 그러니까 이 사건은 어떤 계기로 김 영감과 연락이 닿은 오 씨의 생모가 김 영감이 얼마 못 살 거라는 점, 김 영감과 20여 년을 산 최 여사는 강남에 아파트를 세 채나 보유한 알부자라는 점을 간파하고 최 여사의 재산을 김 영감이 맡겨놓은 것으로 둔갑시켜 자기 아들 오 씨를 벼락부자로 만들고자 획책한 결과처럼 보였다. 기본적인 설계 후 법리적으로 부족한 부분은 그동안 알고 지낸 변호사를 섭외해 채워달라 했을 것이고 도합 수십억 원을 호가하는 아파트를 놓고 벌이는 싸움이다 보니 짭짤한 성공 보수를 기대한 변호사도 덥석 끼어들었으리라.

김 영감과 오 씨 그리고 그 생모에 온갖 어중이떠중이까지 합세해 진흙탕 싸움을 벌인 사건은 '이런 일이 있을 수 있나?'에서 시작해 어느 틈엔가 '이런 일도 있을 수 있네?'로 바뀌어가는 듯했으나 김 영감의 진료 기록부가 법정에 현출되면서 파국을 맞았다. 김 영감이 옥분이에게 서찰을 쓰던 날,

사실 김 영감은 온 얼굴에 산소마스크를 쓴 채 의식이 혼란한 상태였다. 의료진이 마지막 인사를 나누라며 보호자를 불러 모았으나 오 씨의 등쌀에 진작 병원에서 쫓겨난 최 여사는 그 자리에 없었다.

결국 김 영감이 혼신을 다해 남겼다는 편지는 김 영감이 정말로 그와 같은 속마음을 가지고 쓴 것인지 믿기 어렵고 김 영감의 편지가 최 여사에게 전해진 때는 이미 김 영감이 사망한 뒤였기 때문에 그의 생전 재산분할 청구권 행사를 전제한 오 씨의 상속도 인정할 수 없다는 이유로 오 씨의 청구는 기각됐다.

재판이 승소로 확정되자 최 여사는 대뜸 카악 침을 뱉었다. 무적無籍 도깨비 영감 옆에서 멋대로 방망이 휘둘러 금은보화나 챙긴 파렴치한 취급을 받았으니 그 입장에서는 더럽고 치사하고 억울할 만도 했다. 나는 짐짓 최 여사를 위로하면서도 아까부터 잔뜩 심통이 난 채 길가의 담배꽁초를 쓸던 미화원이 신경쓰여 최 여사를 구석진 곳으로 끌었다. 그러나 최 여사는 아랑곳하지 않고 다시 한 번 마음속 찌꺼기를 카퉤 뱉어내더니 역시 머리 검은 동물은 거두는 게 아니라는 둥, 손바닥으로 하늘을 가릴 수는 없는 법이라는 둥 혼잣말을 중얼거리며 자리를 떴다.

의문의 노인, 유언, 상속, 숨겨둔 자식, 전처와 현처 등 자극적인 요소로 꽉 채워진 일일 연속극을 의도치 않게 다 챙겨 본 나는 어딘가 씁쓸하고 찝찝한 기분이 들었다. 이 바닥에 들어와 변호사 노릇 하며 살다 보니 이러니저러니 터무니없는 사건과 사람을 참 많이 봤다. 물론 대부분은 돈 때문이었고 당연히 서로 더 가지려 안달이지 덜 갖겠다는 이는 없었다. 세상 점잖은 체하며 살다가도 일단 눈앞에 금은보화가 아른거리면 그때부터 다른 건 눈에 들어오지 않는 듯 굴었다. 그 금은보화가 사실은 내 것이 아니더라도 자꾸만 내 것처럼 생각하다 보면 어쩐지 진짜 내 것인 것만 같은 황당한 일들이 쉽사리 일어났다. 최 여사 말처럼 손바닥으로 하늘을 가릴 수는 없지만 하늘을 보던 눈을 가릴 수는 있다. 그렇게 눈이 어두워지면 누군가 지팡이를 쥐여주고 코끼리 다리라 이르더라도 그렇게 믿게 되는 모양이다.

김 영감은 죽음이 임박하자 평생 맡긴 적 없지만 어쩐지 맡겨둔 것 같은 재산이 생각났고 최 여사는 평생 맡은 적 없지만 왜인지 맡아준 재산이 생길 뻔했다. 옛 선비들은 돈의 폐단이 이처럼 지대하니 돈을 없애라 상소하기도 했다던데…… 어쩌다 그런 신묘한 논리가 나왔는지 조금은 이해가 될 것 같다.

사고뭉치 우식이의 장래희망

물의는 자식이, 죄송은 부모가.

"휴…… 내가 이놈 새끼 때문에 제명에 못 죽지 싶습니다. 마음먹고 담배 좀 끊어볼까 하면 여지없이 사고를 쳐대니 담배는 양반이고 자식 놈이 제 속을 다 태워먹네요."

꽃피는 춘삼월이라더니 그날은 대낮부터 경우 없게 눈이 내렸다. 상담하다 말고 잠깐 바람 좀 쐬자는 말을 곧이곧대로 믿은 나는 소매를 걷어붙인 셔츠 차림 그대로 쭐레쭐레 옥상까지 따라나섰다가, 고객님이 줄담배로 꽁초 꽃을 피우는 동안 오들오들 떨며 눈사람이 되어가고 있었다.

동네에서 자그마한 피자집을 운영하는 신 사장에게는 낭랑한 18세 아들 우식이가 있었다. 신 사장은 마흔이 다 되어 얻은 귀한 자식에게 넉넉지 않은 살림이나마 최선을 다해 모든 걸 다 해주었지만 왜인지 우식이는 자꾸만 부모의 기대에서 멀어졌다. 밥 먹듯이 가정 탈출을 감행해 어떤 날은 편의점에서 담배나 소주 따위를 훔치다 붙잡혀 오고 또 어떤 날은 땡전 한 푼 없이 PC방에 종일 눌어붙었다가 요금 정산을 요구하는 알바를 흠씬 때려눕혀 경찰서에서 뜨거운 부자 상봉 자리를 만들기도 했다.

신 사장은 그저 자식 잘되라는 일념으로 언성 높여 야단도 쳐보고 피자 반죽 덕지덕지 붙은 홍두깨로 두드려 패기도 해보았다. 그러나 우식이는 다음엔 결코 붙잡히지 않으리라는 다짐만 할 뿐 여전히 부모 말을 귓등으로도 듣지 않았으며, 나중에는 학교도 그만두겠다 선언해 이미 활활 타오르고 있는 신 사장의 속에 정성껏 기름칠을 해주었다.

'우리 아들 엄친아 만들기' 같은 건 진작 포기한 신 사장은 그저 아들이 갖가지 사고를 일으키는 것만이라도 막아보겠다는 일념으로 우식이에게 스쿠터 한 대를 내주며 피자집 배달 알바를 제안했다. 그는 18년 인생 처음으로 아버지의 말에 귀를 기울이더니, 그날로 낡은 중고 스쿠터를 손오공 근두운 부리듯 몰며 신나게 배달을 다녔다.

신 사장은 자신의 결단이 그나마 효과를 좀 보나 싶어서 안도했으나 그가 설날맞이 금연을 결심하고 불과 두 달도 지나기 전 다시금 아들내미를 경찰서 유치장에서 만나게 되었고 얼마 지나지 않아 우식이는 아예 구치소로 거처를 옮겨버렸다. 그 바람에 신 사장이 눈물 콧물 쏟아내며 나를 찾아온 것이다.

사연은 이랬다. 분신 같은 스쿠터를 질풍처럼 몰며 배달을 다니던 우식이는 같은 동네 배달의 자손들과 친분을 쌓더니, 이내 육룡회六龍會라는 구국청년단체를 조직했고 창립을 기념한다며 거국적인 술자리를 마련했다. 하지만 우식이와 배달 미성년자들께서는 얼큰하게 취기가 오르자 어쩐지 옆 테이블 '잡놈'이 자꾸만 이쪽을 힐끔거리는 느낌이 들었고, 감히 육룡을 뵈옵는 눈초리가 기분 나쁘다는 이유로 애꿎은 잡놈을 주점 뒤편 후미진 골목으로 끌어내 정성껏 손봐주었다.

육룡이 발길질에 담은 정성이 어찌나 갸륵했던지, 잡놈은 코뼈가 부러지고 눈은 풍선처럼 부풀어 올랐으며 그 밖에도 복부·요추부 등 전신에 타박상을 입은 채 전치 7주의 진단을 받았다. 물론 우식이를 포함한 육룡은 잡놈 일행의 신고로 현장에서 체포됐다.

술김에 시비가 붙어 누군가를 흠씬 두들겨 팼더라도 경찰서에 끌려와 조사를 받을 때쯤이면 대부분의 사람들은 심드렁한 표정의 경찰관을 붙들고 "아 제가 원래 이런 사람이 아닌데 그놈의 술 때문에 잠시 정신이 나갔었나 봐요"라며 선처를 호소하거나, "글쎄 그놈이 먼저 시비를 걸어서 내가 정당방위로다가 좀 밀친 거지 피해자는 나라니까 그러네" 등의 면피를 시도하기 마련이다(물론 술에 떡이 되어 있었다는 그 사정만으로 만취 파이터를 오냐오냐 봐줄 리 없고, 정당방위는 그런 때 써먹으라고 만든 게 아니기 때문에 제아무리 정당하게 방위했어도 면피가 안 된다).

그런데 접견을 가서 만난 우식이의 태도는 범인 ^{凡人}과 사뭇 달랐다. 우식이는 너무도 파워 당당했다. "아니 좋은 날 좀 참지 왜 그랬어요"라는 내 물음에 우식이는 '그 조카 같은 18색깔 강아지가 매우 허튼짓을 했으니까 맞은 것이다'는 취지로 답하더니 이미 경찰 조사 때 자기가 할 말은 다했고 범행 일체도 모두 인정해 변호사가 필요 없는데 여긴 왜 오셨느냐고 되물었다. 여기까지 들은 나는 일단 속으로 쾌재를 불렀다.

변호인 입장에서 형사재판을 준비할 때 가장 먼저, 또 가장 깊이 고민하는 부분은 '공소사실의 인부 ^{認否}'다. 형사사건의 제1회 공판기일이 열리면 판사, 검사, 피고인 내지 변호인은 각자 가장 먼저 해야 하는 절차가 있다. 우선 판사가 피고인에게 인적 사항 등을 물어 공소장 기재와 동일인인지 확인하는 인정신문을 행하고 이어서 검사가 공소사실의 요지를 낭독(피고인이 누구와, 언제, 어디서, 무엇을, 어떻게, 왜 잘못했다는 내용을 육성으로 읽어준다)하면 피고인 내지 변호인은 그 공소사실에 대해 '인정' 혹은 '부인'으로 의견을 밝혀야 한다.

형사재판 시작 단계에서 피고인 내지 변호인은 공소사실을 부인하고 무죄판결을 구할 것인지, 아니면 공소사실을 인정하되 이러저러한 정상참작 사유를 들어 최대한 선처를 구할 것인지 분명히 밝히게 된다. 따라서 이후의 변론 역시 최초에 밝힌 공소사실 인부 의견에 맞춰 준비한다.

물론 변호인이야 공소사실 인정이든 부인이든 피고인이 원하는 방향에 맞춰 변론을 수행하지만 사실 피고인이 공소사실 전부를 부인하고 무죄를 다투는 사건일수록 변호인은 바쁘고 피곤하다. 공소사실이 팩트(이 바닥에서는 '실체적 진실'이라는 고상한 말로 포장해서 부른다)와는 어떻게 다른지, 법리적으로 피고인에게 죄가 성립하지 않거나 죄책을 물을 수 없는 이유는 무엇인지, 검사가 제출한 유죄의 증거를 탄핵하고 무죄를 뒷받침할 증거는 어떤 것이 있는지 등등 변호인이 할 일은 태산 같은데, 그렇게 숱한 시간과 노력을 들여 변론을 해도 형사재판에서 전부 무죄가 선고되는 사례는 채

1퍼센트가 안 된다(일본의 경우 99.9퍼센트에 달하는 형사재판 유죄 선고율을 제목으로 한 〈99.9 형사 전문 변호사〉라는 드라마까지 방영되기도 했다).

반대로 피고인이 공소사실 전부를 인정하고 선처를 구하는 사건이라면 그것이 고문, 협박, 회유 따위에 의한 거짓 자백이 아닌 한 변호인은 특별히 골치 아플 일이 없다. 그저 피고인 대신 법원과 피해자 등에게 엎드려 빌거나 세상에서 가장 진심 어린 후회와 반성이 담긴 의견서를 구구절절 써내는 등의 수고가 뒤따를 뿐이다.

...

이런 까닭에 나는 우식이가 이미 범행 일체를 자백했고 그 입장을 번복할 생각이 없다는 말을 듣자 '자, 그럼 이 사건 반성문을 어떻게 써내야 읽는 사람 눈물샘을 빵빵 터뜨릴 수 있을까' 따위의 생각부터 했던 것이다. 하지만 정상참작 사유가 인정되려면 피해자와 합의도 해야 하고 주변 사람들 탄원서도 모아야 하고 피고인 본인의 반성문도 꾸준히 제출할 필요가 있다는 내 말에 우식이는 의외의 대답을 했다.

"반성문 같은 거 쓸 생각 없는데요?"

맞을 짓 한 잡놈 하나 혼내준 게 뭐 그리 반성할 일이냐며, 자신은 쫄지 않고 당당히 형을 선고받겠다는 것이었다. 나는 적잖이 당황했지만 애써 침착을 유지하며 '아니 이게 쫄고 말고의 문제가 아닐 뿐만 아니라 징역을 세게 살면 구만리 같은 앞날에 여러 가지로 손해가 막심한데, 먹히지도 않을 상남자 허세는 내려놓으라'는 취지로 설득을 시도했다.

그러나 우식이는 고개를 저었다. 자기 장래는 이미 탄탄대로이니 걱정 말라는 것이다. 진작부터 지역 선배님들이 어여삐 보고 계신 터라 이번에 이 일로 학교에 가면 현역 선배님들을 만나 앞으로 식구 생활하는 데 조언도 얻고 돈독한 정도 쌓을 작정이라고 했다. 그러더니 선배님들이 식구 될 사람에게 선물해주신 거라며 소매를 걷어 팔뚝의 문신을 보여주었는데, 기괴한 모습의 역사力士가 눈을 부라리고 있었고 역사의 머리 위에는 '金强'금강이라는 한자가 새겨져 있는 것이 아마도 불가佛家의 수호신 금강역사金剛力士를 그려놓은 듯했다.

나는 두 가지 이유로 한동안 말을 잇지 못했다. 하나는 이 답답한 친구를 앞으로 어쩌나 하는 고민이었고 다른 하나는 금강역사의 '금강'은 '金强'이 아니라 '金剛'이라는 사실, 그러니까 안타깝게도 네 팔뚝 그림에는 치명적인 오타가 있다는 얘기를 해줘야 하나 말아야 하는 고민이었다.

접견을 마치고 신 사장을 만나 우식이의 때늦은 중2병 얘기를 전해주었더니 신 사장은 격분해서 "이놈의 자식을 오늘 사달 내버리고 나도 한강 물맛 좀 봅시다"라며 날뛰었다. 나는 신 사장의 허리춤을 붙들고 지금 사달을 내기엔 구치소 경계가 삼엄하니 훗날을 기약하자는 둥, 한강 물맛이나 아리수 맛이나 별 차이가 있겠냐는 둥 아무 말이나 주워섬기며 말리느라 진땀을 뺐다.

이후 몇 차례인가 더 우식이를 접견하러 갔지만 이 친구의 깍두기 사랑은 그야말로 무조건이었다. 글쎄 자기는 이미 갈 길이 정해져 있으니 선배님들처럼 남자답게 징역 살고 나와서 대차게 생활하겠다는 말만 반복할 뿐인 거다.

내가 중2병을 앓을 무렵엔 조폭이나 깡패가 주인공인 드라마, 영화가 꽤나 많았다. 진지한 콘셉트에서는 무뚝뚝하지만 심성 곧은 츤데레 주인공이 가난 혹은 여자친구 등과 관련된 사정으로 어쩔 수 없이 건달이 되지만, 진짜 못돼 처먹은 놈들이나 두들겨 팰 뿐 선량한 사람에게는 한없이 든든한 동네 수호자로 그려졌다. 또 코믹한 콘셉트인 경우 다소 무식하고 엉뚱하지만 알고 보면 순박하고 속 깊고 인정 많은 이웃집 배 나온 삼촌으로 등장했다. 그래서인지 그 시절엔 조폭을 선망하는 철부지도 심심치 않게 있었다.

하지만 조폭은 그 생활을 청산하고 새사람으로 거듭나지 않는 한 깡패이자 건달이고 불한당일 뿐 결코 이웃집 토토로가 아니다. 알고 보면 순정과 효성, 자비로 똘똘 뭉친 진국 같은 모범 조폭은 존재하지 않는다. 그런 건 오직 드라마나 영화에만 있다.

게다가 내가 이 바닥 생활을 하면서 직간접으로 경험한 요즘 조폭은 대부분 사업가 행세를 하며 돈이 곧 의리고 식구인 사람들이었다. 세 싸움에 옛날처럼 주먹질을 벌이기는커녕 남의 숨소리에도 폭행을 당했다며 고소를 남발하고 합의금을 뜯어냈다. 그러니 우식이가 그렇게 선망하는 주먹 쓰는 건달, 짧고 굵게 사는 상남자 조폭이란 그 세계에서조차 '하수 오브 하수'에 지나지 않았고, 식구라며 오타투성이 문신이나 선물한 선배들 역시 본업은 사기나 자해 공갈일 뿐 따르고 배울 점이 극히 적은 사람들이었다.

그럼에도 이미 깍두기 라이프의 로망에 단단히 꽂힌 우식이었던 터라, 나는 작전을 약간 변경했다. 일단 신 사장과 긴밀히 협조해 일가친척, 지인의 지인까지 두루 연락을 돌린 다음 우식이의 선처를 바라는 탄원서를 긁어모았다. 그리고 난데없이 잡놈으로 몰려 '어린놈의 자식'에게 매질을 당한 피해자를 수차례 찾아가 철없는 중2병 환자의 천둥벌거숭이

짓을 용서해달라 빌었다. 물론 처음에 피해자는 결코 용서할 생각이 없다며 손사래를 쳤으나 신 사장이 어렵게 이리 꾸고 저리 꿔서 마련한 합의금을 찔러주며 그 '어린놈의 자식'의 장래를 생각해달라고 호소하자 결국 합의서에 도장을 찍어 주었다.

마지막 공판에 앞서 나는 우식이에게 그동안 신 사장의 노고가 얼마나 심대했는지 세세히 일러줌과 동시에, 그래도 진심 어린 반성과 후회의 마음이 생기지 않는다면 차라리 아무 말 말고 고개를 숙인 채 있으라 했다. 우식이는 내 말이 마뜩잖은 표정이었으나 그래도 최후진술 무렵 손톱 밑에 피자 반죽 쪼가리가 빠질 날이 없었던 아버지의 모습이 잠시나마 떠올랐는지 기어들어 가는 목소리로 "물의를 일으켜 죄송합니다"라고 말했다. 결국 우식이는 집행유예를 선고받고 풀려났다. 판결 주문 낭독을 마친 판사는 얼떨떨한 표정의 어린 피고인에게 다음에도 또 이런 터무니없는 짓을 하면 결코 용서받기 어려울 거라 꾸짖었다.

비좁은 감방에서 콩밥 먹던 아들이 무탈하게 돌아오자 신 사장은 피자 몇 판을 싸 들고 나를 찾아왔다. 토핑으로 알알이 박혀 있는 표고버섯을 피해가며 야금야금 피자를 뜯던 나는 우식이의 근황이나 물어볼까 하다 괜한 소리가 될 거 같아 관두고 "아버님이 고생 많으셨네요. 덕분입니다"라는 뻔한 소리로 대신했다.

신 사장은 잔뜩 쓴웃음을 지으며 "자식 엇나가면 다 부모 탓 아니겠습니까. 그래도 하나뿐인 자식 놈이 돌아와 얼굴 보고 있으니 좋네요"라고 말했다. 그러고는 합의금을 마련하느라 생활이 쪼들려 자동으로 담배를 끊었다는 둥 우스갯소릴 하더니 이제는 피자 배달도 본인이 직접 다녀야 한다며 허둥지둥 돌아갔다. 나는 청소년 문제 같은 데엔 아무런 관심도, 식견도 없는 사람이지만 어째서인지 떠나가는 신 사장의 등 뒤로 "아드님은 장차 꼭 잘될 겁니다"라며 근거 없는 장담을 해버렸다.

벌써 저 때로부터 수년이 지났으니 스쿠터보이 우식이도 성인이 되었을 터다. 어찌 사는지 찾아가 볼 엄두까지는 나지 않지만 그래도 인심 좋은 이웃 피자집 사장님이 되어 있으면 좋겠다. '조폭 피자 신메뉴 화끈한 선빵맛 출시' 이런 거 어떨까.

변호사가 한 일이 뭐가 있어요?

화장실 다녀오시더니 변하셨네요.

송무판 변호사에게 매년 1월과 8월은 춥고 배고프든지 덥고 배고픈 시기다. 이 바닥에서 이른바 보릿고개로 불리는 비수기이기 때문인데, 일단 매년 7월 말에서 8월 초, 12월 말에서 이듬해 1월 초는 법원의 하계 또는 동계 휴정기 그러니까 정기 휴가 기간이다. 휴정기라 해서 법원 문을 아예 닫아 버리는 건 아니지만 구속 피고인의 재판처럼 특별히 긴급한 경우가 아닌 이상 재판은 열리지 않는다.

물론 법원이 재판을 쉰다고 사기꾼이 회개하고 약쟁이가 영양제 찾고 아니면 뭐 떼먹힌 돈이 제 발로 기어 들어오는 일 따윈 결코 생기지 않는다. 하지만 어차피 지금 당장 소장을 날려도 본격적인 업무 처리는 휴정기 후에야 이뤄지니 잠재적 고객님들 또한 잠시 파국을 미루고 나름대로 한 번 더 생각해볼 시간을 갖는다.

게다가 법원의 휴정기는 공교롭게도 모두의 엉덩이가 흥에 겨워 좌우로 둠칫거리는 연말연시, 명절 혹은 바캉스 철과 붙어 있다. 그래서 휴정기엔 대체로 소송 난투극이 잦아들고 분쟁을 겪는 당사자들도 잠시나마 번뇌를 잊은 채 쉬는 시간을 갖는다. 덕분에 이 동네 변호사들도 휴정기에 맞춰 휴가를 간다. 어차피 재판도 없고 딱히 찾아오는 고객님도 없으니 그 핑계로 점방 문 닫고 놀러 갔다 오는 것이다.

그렇게 찰나와 같은 유희가 끝나면 안 그래도 깃털 같았던 계좌는 이미 모든 걸 벗어던진 채 훨훨 승천할 준비를 하고 있다. 보릿고개를 맞은 변호사는 자꾸만 등가죽과 붙어먹으려는 뱃가죽을 떼어내며 짐짓 태연한 척해보지만, 휴정기 동안 마음의 평화를 이룩하신 고객님께서는 찾아오실 기미가 없다.

하지만 빈 쌀독이라도 뚫어져라 훑다 보면 재수로 강냉이 몇 알쯤은 건지는 법. 어떻게 대출이라도 좀 받아서 이번 달 때워볼까 고민하던 변호사의 뇌리에 지난번 승소하고도 여태 받지 못해 묵혀둔 성공 보수가 바람처럼 스쳐 간다.

통상 변호사가 위임사무 처리의 대가로 받는 보수는 소송 위임계약을 체결하고 일을 시작하면서 받는 '착수금'과 사건이 종결되고 의뢰인이 목적했던 사항이 달성됐을 때 받는 '성공 보수금'으로 이원화되어 있다(다만 2015년 대법원 전원합의체 판결로 형사사건의 성공 보수금 약정은 무효가 되었다). 대체로 착수금은 계약서에 정액으로 구체적인 금액을 기재하지만 성공 보수금은 정액으로 기재할 수도, 소송 결과로 얻은 이익의 일정 비율 상당액으로 기재할 수도 있고 그 밖에 의뢰인과 변호사가 합의한 방법에 따라 달리 정하기도 한다.

그런데 착수금은 지급되지 않을 경우 위임사무 처리도 시작되지 않는지라 변호사 입장에서 거의 '확실한 수입'인 반면 성공 보수금은 받을 날짜는커녕 실제 받을 수 있을지 없을지조차도 알 수 없는 보너스와 같다. 소송 결과에 따라 있을 수도 없을 수도 있는 성공 보수금 자체의 애매한 성격 탓도 있지만 더 현실적인 이유는 따로 있다.

꽤 많은 사람들이 스스로 약속한 성공 보수금을 '상황 봐서 적당히 떼먹을 수도 있는 것' 정도로 생각하기 때문이다. 약속한 대로 할 일을 다 마친 변호사가 쭈뼛쭈뼛 정산 얘기를 꺼내면 십중팔구는 표정에 불쾌감부터 번지는 통에 '지금 내가 잘못한 상황인가' 하고 난데없는 자아 반성까지 하게 된다. 소송 끝에 원하던 결과를 맞이한 고객님의 마음이란 게 마치 울부짖는 아랫배를 다섯 시간쯤 부여잡고 사경을 헤매다 마침내 화장실을 다녀온 뒤의 그것과 같아서다.

...

장 사장은 몇 해 전 보릿고개를 맞아 춥고 한산하던 사무실에 근심 걱정을 한 아름 짊어지고 등장했다. 그는 동네에서 방귀 좀 뀐다는 사람들만 모아놓아도 결코 밀리지 않을 만큼 강단 있고 기세당당한 전형적인 중년 여장부였다. 우두머리 수사자 갈기 같은 풍성한 모피에 손가락마다 금이며 옥이며 주렁주렁 매달고 팔자걸음으로 동네를 활보하니, '쏘시크'한 그 모습에 반해 언니로 모시는 동생들도 많았다.

장 사장은 으리으리한 부자 동네 한편에서 꽤나 큰 규모의 중식당을 운영했는데, 자영업이라는 게 늘 그렇듯 오르락내리락하는 매출 따라 급전이 필요할 순간이 종종 생겼다. 그럴 때마다 그는 높디높은 은행 문턱 대신 지인 찬스, 동생 찬스를 적절히 이용하며 고비를 넘겼다.

외양만큼이나 화끈한 성격의 장 사장은 동생들 쌈짓돈을 잠시 당겨쓰느라 훼손된 품위를 묻지도 따지지도 않고 달라는 대로 이자 쳐 돌려주는 것으로 회복했다. 이따금씩 동생들이 꼬깃꼬깃한 차용증이니 각서 따위를 들이밀 때도 있었지만 왕언니 체면에 쪼잔하게 그런 거 일일이 읽어보고 시비 걸기 뭐해서 보는 둥 마는 둥 엄지 도장을 꽝꽝 찍어주었다.

하지만 우두머리 사자 언니의 포스를 가졌더라도 세상만사는 그렇게 만만하지 않고 언제나 사람 발등을 꽝꽝 찍어대는 건 곁에 두고 애용하던 도끼다. "거 사람 가오가 있지"를 입버릇처럼 외치던 장 사장도 결국 믿는 도끼에 발등이 날아갔다.

장 사장의 동생 중에는 '똘이 엄마'로 불리는 심 여사가 있었다. 물론 그에게 똘이의 안부를 물어봤자 "그건 어느 집 똥강아지냐"라고 답할 게 분명했지만 왜인지 장 사장과 그 무리는 심 여사를 똘이 엄마라는 모성 가득한 이름으로 불렀다. 그런데 이 똘이 엄마는 계산이 빠르고 영악한 잔머리가 어지간한 모사꾼 뺨치는 사람이어서 "그까이 꺼 대충 좋게 좋게, 내 스타일 알지?" 하는 장 사장과는 근본부터 달랐다.

똘이 엄마는 장 사장이 이래저래 급전이 필요할 때마다 적게는 수백만 원에서 많게는 수천만 원까지 빌려주고 하루만 지나도 2부 이자(월 2퍼센트, 연 24퍼센트의 엄청난 이자율이다. 2014년 중반까지만 해도 이자제한법상 최고 이자율은 연

30퍼센트였다)를 꼬박꼬박 챙겼다. 그러다 아무 때고 아쉬운 소리만 하면 카운터 현금을 한 움큼씩 쥐여주는 장 사장의 호쾌한 손놀림에 크게 감명받았는지 은근슬쩍 셈법을 바꿨다. 이자다, 원금이다 하며 찔러준 현금 뭉치 따위 주머니에 쑤셔 넣고 돌아서면 금세 없었던 일이 되는 이 세상 이치에 통달했던 심 여사는 장 사장이 수시로 돈을 꿔 가놓고 도대체 이자 한 푼 갚지 않는다며 소송을 내더니 장 사장네 가게 포스기까지 묶어버렸다('신용카드 매출채권 가압류'를 말한다. 매출의 대부분이 카드 결제인 요즘에는 자영업자가 큰 곤란을 겪을 수 있다).

그리하여 장 사장은 휴정기고 뭐고 사색이 되어 변호사를 찾아왔다. 평소 같았으면 초패왕도 울고 갈 무쌍의 호걸 장 사장이었지만 저 때는 어찌나 절박했던지 "변호사님, 이 돈 이거 생으로 다 물어내라 하면 저 그냥 망해요"라거나 "이건 뭐 그냥 사람 죽으라는 거지 이래도 돼요? 꼭 좀 막아주셔야 돼요"라며 나를 붙잡고 우는소리를 거듭했다.

나는 어려운 시기에 귀인처럼 나타난 장 사장을 위해 최선을 다하겠노라 다짐했지만 늘 그렇듯 우리 편은 매우 불리했다. 어째서 우리 편은 항상 맨손으로만 싸우려 들고 상대편은 온몸에 증거를 휘감고 다니는 걸까. '기분 탓일 거야' 같은 셀프 위로는 하나 마나였다.

어린 시절 '지구방위대'니 뭐니 하는 TV 속 쫄쫄이 용사들은 항상 변변한 무기도 없이 입으로만 정의의 이름을 외치다 악당에게 흠씬 두들겨 맞았고 절체절명의 순간이 닥쳐야 비로소 다섯이 합체해 숨겨놨던 거포를 발사함으로써 간신히 이겼다. 당시 나는 '왜 우리 편은 처음부터 합체해서 싸우지 않는가'에 대해 깊은 의문을 가졌는데, 다 커서 아재가 된 뒤 맞이한 현실에서도 이 의문은 풀리지 않았다.

장 사장의 사건을 수임하고 서너 달 동안 나는 수십 개가 넘는 계좌를 뒤지고, 장 사장 가게의 현금 일보와 장부도 뒤지고, 쓰레기통 바닥에 말라붙어 있던 똘이 엄마의 일수놀이 메모까지 찾아내어 똘이 엄마라는 사람이 깜찍한 이름과 달리 얼마나 욕심꾸러기인지 낱낱이 고해바쳤다. 이 세상 이치가 다 제 손바닥 안에서 돌고 도는 줄 알았던 똘이 엄마는 서서히 기울어가는 재판부의 마음속 저울질에 덜컥 겁이 났는지 소송비용 부담을 면해주는 조건으로 청구를 포기하는 데 합의했고 사건은 조정(판결이 아닌 당사자 간의 화해와 합의로 원만히 분쟁을 해결하는 방법이다) 성립으로 종결됐다.

조정이 성립되면 확정판결과 같은 효력이 있는 데다가 당사자가 그때까지의 제반 사정에 비추어 소기의 목적을 달성

했다고 스스로 판단한 결과라, 변호사와 의뢰인 사이의 소송 위임계약에는 대부분 조정 성립을 위임사무의 성공으로 간주한다는 내용이 들어간다. 따라서 사건이 조정 성립으로 종결되면 이제 변호사에겐 성공 보수금을 청구할 권리가 생긴다.

나는 자꾸만 오그라드는 손가락을 망치로 때려 펴가며 계절성 인사 멘트에 안부와 아부를 겸한 그야말로 정중하기 이를 데 없는 성공 보수금 청구서를 작성해 장 사장에게 보내드렸다. 그런데 며칠 뒤 전화를 걸어온 장 사장은 퉁명스러운 말투로 "아니, 그거 뭐 판결받은 것도 아니고 변호사 안 썼어도 그냥 우리끼리 합의해서 끝낼 수 있는 건데 보수를 또 드려야 하나요?"라며 생떼를 썼다.

그러니까 장 사장의 말은 '결국 우리끼리 합의해서 끝낸 거 변호사 놈들이 한 게 뭐 있다고 돈을 달라는 것이냐'는 취지인데, 일단 변호사 놈들이 한 건 꽤 있다. 장 사장이 여전히 손가락에 금은보화 걸어놓고 동네 왕언니 품위를 유지하는 동안 변호사 놈들은 장 사장 대신 이 난관을 어찌 극복할지 고민도 하고 잔꾀도 쓰고 한밤중에 중식당 쓰레기통도 뒤졌으며 재판이 열릴 때마다 꼬박꼬박 출석해 똘이 엄마의 탐욕을 일러바쳤다.

게다가 재판이 한창 진행 중인 때에 갑자기 상대방이 종

한 것도 없으면서 '돈돈'거리는 변호사 놈이 되었다.

나는 억울하다.

래의 청구를 포기하는 식으로 조정 의사를 밝힌다면 이는 한 가지 뚜렷한 의미를 내포하고 있다. 쉽게 말하자면 소송이라는 링 위에서 상대방이 코너에 몰리다 결국 수건을 던진 것과 마찬가지다. 그럼 경기 초반 샌드백처럼 두들겨 맞던 장 사장과 터치해 똘이 엄마를 핀치에 몰아넣은 선수는 누구란 말인가.

순식간에 '딱히 한 것도 없으면서 '돈돈'거리는 변호사 놈'이 된 나는 제법 억울한 마음이 들었고 다소 울컥하기도 해 장 사장의 생떼에 조목조목 반기를 들었다. 그러자 장 사장은 "아유 그래도 저는 뭐 소송해가지고 돈 받은 건 하나도 없는데……"라며 상처뿐인 승자 흉내를 냈다. 하지만 애초 장 사장의 사건 목표는 똘이 엄마의 터무니없는 청구를 기각시키는 것, 즉 더 이상 주지 않아도 될 돈을 주지 않아도 되게 만드는 것이지 똘이 엄마가 기왕에 받아먹은 돈까지 깡그리 토해내도록 하려던 게 아니다.

똘이 엄마가 물러가고 다시금 동네 왕언니의 평온함을 되찾은 장 사장은 금세 절박했던 시절을 잊었다. 처음 찾아올 때는 세상이라도 무너진 표정으로 다급하기 이를 데 없던 그였지만, 변호사를 통해 해우소에 다녀오더니 그곳에다 변호사와 했던 약속까지 시원스레 비우고 온 것이다.

걷는 사람, 뛰는 사람, 나는 사람

그래서 이 구역 빌런이 누군데.

"이봐요, 변호사가 왜 저런 흉악한 놈을 변호해?"

"변호사면 돈에 혹할 게 아니라 정의를 지켜야지, 정의를. 쯧쯧."

후텁지근한 공기가 온몸을 휘감던 어느 여름날, 나는 재판을 마치고 법정을 나오면서 바깥 공기보다 더 끈적한 사람들에 둘러싸여 귀에서 피가 날 때까지 조롱 겸 비난을 듣고 있었다. 가끔 뉴스에선 세상 둘째가라면 서러울 흉악범을 변호하는 변호사의 양심이나 윤리 의식 따위를 문제 삼으며 '어떻게 그런 놈을 도울 수 있느냐'는 비난이 쏟아지고 결국 여론의 뭇매를 못 이긴 변호사가 변론을 포기하는 일들이 보도되던데, 내 앞뒤 양옆에 서서 험상궂은 표정을 짓고 있는 이분들은 그런 뉴스 보도를 특히 감명 깊게 보셨나 보다. 내가 방금 진땀을 빼고 나온 재판은 그러니까 세상 흉폭한 범죄자 잡아다 가두고 벌주려는 형사재판이 아니고 그저 우리 의뢰인이랑 이 표정 안 좋으신 분들 사이에 누가 돈 얼마를 주네, 마네 하는 민사재판이었는데…….

하지만 여기서 내 속내를 가감 없이 드러냈다간 간신히 딱지 앉은 귀에 다시금 피가 철철 흐르게 될 것 같아 "네네, 아유 그러게요. 채권 채무가 바로 서는 정의로운 세상! 저도 응원합니다" 하며 황급히 포위망을 빠져나왔다.

이 사건에서 '세상 흉악한 놈' 역을 맡게 된 윤 계장은 퇴직을 몇 달 앞둔 지방공무원이었다. 파릇했던 청춘에 최말단부터 시작해 20여 년간 나름대로 열심히 봉직하며 살았건만, 슬슬 승진에 한계가 보이는 데다가 하루가 다르게 폭풍 성장하는 자녀들 양육비니 교육비 등을 감당하기엔 그의 월급이 한없이 가벼워 다만 한 살이라도 젊을 때 과감히 퇴직을 결심했다. 윤 계장에게는 평소 눈여겨봐 둔 임야를 매수해 당시 유행하던 타운하우스 단지를 조성한다는 원대한 사업 계획이 있었다. 물론 부동산 개발을 직접 해본 적은 없었지만 관련 부서 공무원 생활을 오래 하며 전국의 난다 긴다

하는 부동산업자들이 어떤 땅을 찍어서 어떻게 개발을 진행하고 얼마나 많은 수익을 남겨 먹는지 익히 봐둔 터였다. 틈날 때마다 소주잔 기울이며 장차 사업에 이런저런 조언과 조력을 제공해줄 소위 '꾼'들과 제법 친분도 쌓아두었다. 그는 어쩐지 이번 한 방으로 공무원 시절에는 상상도 할 수 없던 큰돈을 벌 것만 같은 자신감에 차 있었다.

윤 계장은 수소문 끝에 점찍어둔 임야의 소유자였던 강씨 문중 사람들을 만나게 되었고 저금통 쌈짓돈부터 퇴직금, 대출금, 사채에 처갓집 기둥뿌리까지 총동원해 마련한 자금을 내밀며 수만 제곱미터짜리 임야를 통째로 사들이는 계약을 체결했다. 문중의 선산이라는 등의 핑계로 매각을 반대하는 이가 몇 명 있었지만 '존경하는 우리 선생님만 특별히 드리는 것'이라며 따로 위로금을 찔러주었더니 모두 못 이기는 척 태도를 바꿨다.

다만 윤 계장이 매수한 임야 인근에는 누구 것인지 알 수 없는 묘가 하나 있었다. 문중 사람들은 예전에 문중이 고용했던 산지기의 부친을 모신 묘일 것이라면서, 그렇지 않아도 자기들이 측량을 해봤는데 매매 목적물인 임야의 경계선 밖에 있다는 결과가 나왔으니 신경 쓸 필요 없다고 했다. 뿐만 아니라 혹시라도 묘의 위치가 임야의 경계 안쪽이면 산지기에게 얘기해서 얼마든지 이장移葬할 수 있으니, 걱정 말고 매매 대금 지급 일정이나 잘 지켜달라고 했다.

임야 매매계약이 성사된 시점에 이미 윤 계장의 마음은 타운하우스 분양까지 성황리에 마친 윤 사장의 마음으로 변해 푸근하고 넉넉하기가 이를 데 없었으므로, 그는 문중 사람들의 말을 곧이곧대로 믿었다. 드넓은 임야를 샅샅이 돌며 하자 여부를 따져볼 엄두가 나지 않기도 했지만 오래도록 문중의 산을 지키고 관리하며 살았다는 영감님들이 설마 단체로 허튼소리를 해 자신을 속일 리 없다는 나름의 신뢰도 있었다.

하지만 '꾼'들이 넘쳐나는 사업판은 특히 초보에게 더없이 가혹한 법이라 번갯불 닿기도 전에 콩부터 볶으려던 윤 계장의 어설픈 사업은 금세 암초를 만났다. 의욕에 불타 당장 공사를 시작하자며 구획을 정리하고 측량을 실시하는 과정에서, 임야 경계 밖에 있다던 묘가 보란 듯이 임야 안에 있다는 사실이 드러난 거다. 더구나 묘가 있는 자리는 타운하우스 단지 내부의 도로를 닦아야 할 곳이었고 그 도로가 없으면 아예 개발행위허가조차 나질 않아, 윤 계장의 사업은 변변한 삽질도 해보기 전에 고스란히 물거품이 될 판이었다. 물론 묘를 피해 도로를 내고 타운하우스를 조성하는 방법이 있기는 했지만 그 경우 수익성이 크게 하락해 분양 완판을 한들 잘해야 본전이어서 하나 마나 한 사업이 되기는 매한가지였다.

격분한 윤 계장은 문중을 찾아가 어르신들이 체면 불고하고 이래도 되느냐며 거칠게 항의했으나, 당연히 상대방은 오리발을 내밀면서 사업한다는 사람이 땅에 뭐가 들었는지도 모르고 산다는 게 말이 되느냐는 둥 도리어 면박만 주었다. 결국 윤 계장은 임야 매매계약 해제와 이미 지급한 계약금 반환, 기타 손해배상 등을 청구하는 소송을 냈다.

문중 사람들은 매매계약 체결 전부터 임야 근처에 누구 것인지 알 수 없는 묘가 있다는 점을 충분히 설명해주었고 그 묘가 임야 경계 밖에 있는지 안에 있는지는 자기들도 몰랐다며 맞섰다. 그럼에도 윤 계장이 알아서 처리할 테니 일단 팔라는 식으로 강력히 매수 의사를 표시하기에 땅을 내주었을 뿐이라는 것이다. 또한 묘로 인해 윤 계장의 개발 사업에 지장이 생길지 말지는 자신들이 알 바 아니고, 이장 약속에 관해서 역시 "세상에 남의 조상 묘를 함부로 파서 옮겨주겠다 약속하는 정신 나간 사람이 어디 있느냐"며 그런 터무니없는 소리는 입 밖에 낸 적도 없다고 했다.

고역이었다. 당연하게도 윤 계장이 쥐고 있는 임야 매매

계약서에는 묘의 위치 관련 사항이나 이장 관련 합의는 단한 자도 쓰여 있지 않은 데다가 하필 담당 판사는 또 어찌나까칠한지 조금이라도 '통상적인 경우'와 다른 얘기를 하면"그게 말이 되느냐"며 버럭 짜증부터 냈다. 나는 윤 계장의 재판이 있으면 전날부터 잠도 안 오고 배도 고프지 않았다.

더 골치 아픈 문제는 재판이 있을 때마다 문중 사람들이우르르 몰려와서 방청을 한 다음 재판 끝나기가 무섭게 나를붙잡고 온갖 맹비난을 하는 통에 도대체 정신을 차릴 수가없다는 것이었다. 이들은 이미 윤 계장을 연쇄 살인마급 '흉포한 자'로 규정하고 있었고 그 정도 '인간 폐기물'의 이익을대변하는 나 역시 준무뢰한으로 취급해 '어린 놈의 자식이 인생을 그렇게 살아서는 아니 된다'는 취지의 귀한 조언을 아낌없이 내주었다. 문중 사람들의 변호사는 자기 의뢰인들이 도가 지나친 언행을 할 때마다 짐짓 말리는 모양새를 취했지만비난의 수위가 세질수록 어쩐지 그의 입가엔 미소가 번졌다.그렇게 수시로 참언讒言을 들으니 나는 혹시 윤 계장이 정말로뻔뻔하기 이를 데 없는 사람이어서 순진한 문중 사람들을 싸잡아 농락하려는 건 아닐까 하는 생각마저 들었다.

이 사건의 키는 결국 산지기가 쥐고 있었다. 그가 남의 임야에다가 묘를 쓴 데는 과거 문중 사람들과의 사이에서 어떤 식으로든 합의 같은 게 있었기 때문이 아닐까 싶었는데, 마침 그 동네엔 산지기와 문중 사람들이 원래는 사이가 좋았으나 최근 들어 관계가 매우 악화됐다는 소문도 돌았다. 윤 계장은 산지기와 일면식도 없는 사이였으나 그간 친분을 맺어둔 '꾼'들을 통해 어렵사리 산지기와 접촉할 수 있었다. 그는 강씨 문중의 임야를 매수한 사람이 찾아왔다고 하자 대뜸 묘에 관해 합의한 각서가 있다는 말부터 꺼냈다. 그러면서 얼마 전 문중 사람들이 갑자기 찾아와 각서를 내어달라기에 거절했더니 그럼 그 각서를 누구에게도 보여주지 않는 조건으로 1000만 원을 주겠다는 제안을 했단다.

산지기는 공기 좋고 경관 좋은 남의 산에서 초가를 짓고 살며 호연지기 대신 자본주의의 잔꾀를 익힌 사람이었다. 그는 윤 계장과 문중 사람들이 임야와 묘를 놓고 크게 다툼을 벌이고 있다는 사실, 이 다툼에서 자신이 갖고 있는 각서가 강력한 파급력을 발휘할 수 있다는 사실을 간파했고 자연히 각서를 거래해 눈먼 돈 좀 만져보자는 계략을 짰다.

산지기는 윤 계장에게 두 가지 제안을 했다. 하나는 부친의 묘를 이장하려면 5억 원이 필요하니 그 돈을 챙겨달라는 것이고, 다른 하나는 이장비와 별개로 3000만 원을 주면 각서를 보여주겠다는 것이었다. 윤 계장이 거절할 경우 자기는 문중 사람들이 주는 공돈이나 챙기면 그만이고 어차피 부친의 묘는 분묘기지권墳墓基地權(남의 땅에 허락 없이 묘를 썼더라도 20년 동안 평온·공연하게 점유함으로써 계속 그 땅에 묘를 쓸 수 있게 되는 권리 정도로 이해하면 쉽다)이 성립해 있으니 재주껏 묘를 파내든 개발행위허가를 받든 해보라는 것이다.

...

여기까지 전해 들은 나는 말문이 막혔다. 주변에서 흔히 봐온 '보통 사람들'이란 그저 남의 송사에 조금이라도 발 담그기 싫어 난리였는데, 산지기는 과연 대자연의 정기를 받고 살아서인지 남의 송사에서 대박의 기회를 포착하고 적극적으로 자기의 포부를 통보하며 협상을 주도했다. 이 사람, 한 1,000년만 일찍 세상에 났더라면 유막에서 계략을 펴고 1,000리 밖에서 승패를 결정짓는 희대의 책사가 되었을 수도 있는데 아깝다.

분명 산지기가 가진 각서는 윤 계장에게 꼭 필요한 것이었으나 윤 계장에게 거액을 퍼부어 산지기의 요구에 응하라 할 수도 없고 법원을 통해 문서 제출명령이나 사실 조회 따위를 시도하더라도 산지기가 불응하면 달리 뾰족한 수가 없는 매우 곤란한 상황이었다.

그렇게 며칠을 답도 없이 전전긍긍하고 있는데 갑자기 윤 계장이 떡하니 산지기를 대동하고 사무실을 찾아왔다. 그러고는 나를 따로 불러 문제의 그 각서를 건네더니 이 정도 내용이면 소송에서 유리하게 쓰일 만하냐고 물었다. 엉겁결에 받아 든 각서에는 문중 사람들의 깜찍한 거짓말이 고스란히 담겨 있었다. 이들은 임야에 산지기 부친의 묘가 있다는 사실을 이미 수년 전부터 알고 있었다. 게다가 장차 임야를 처분할 경우 산지기의 동의를 얻어야 함은 물론 이장 시 그 비용까지 부담해주기로 약속한 상태였다.

나는 기울어가던 재판에서 굵은 희망 줄기를 보는 기쁨을 느끼면서도 윤 계장이 걱정되어 이걸 어떻게 구했느냐고 물었다. 윤 계장은 씩 웃더니 "용돈 좀 줬죠 뭐"라고 답했다. 깜짝 놀라 아니 그 많은 돈을 산지기한테 주면 이 소송으로 얻는 게 있냐고 다시 물었더니 윤 계장은 슬쩍 방문을 닫고는 "아이고 순진하시네. 거짓말이죠. 당장 1000만 원 쥐여주고 각서라는 게 진짜 있는지 한 번만 보자 꼬셨더니 넘어오더라고요. 카피도 떠놨으니 나머지 돈은 안 주면 그만이죠. 계약서 쓴 것도 아닌데 지가 무슨 수로 달라 하겠어요. 저는 문중한테서 임야 계약금이랑 손해배상 받으면 끝이고 산지기는 뭐 억울하면 문중이랑 싸우겠죠."

나는 이제 정말로 헷갈리기 시작했다. 이 막장에서 진짜 빌런이 누구인지 모르겠다. 처음부터 이 판에는 빌런 뿐이었는데 나만 어설프게 끼어들어 순진한 히어로 코스프레를 했던 건가 싶었다.

이윽고 윤 계장이 입수한 각서가 문중 사람들에게 전달되자 그들은 사색이 되었다. 곧바로 변호사를 통해 그만 좋게 좋게 합의해서 끝내자는 연락이 왔고 윤 계장은 문중 사람들을 형사 고소하지 않는다는 조건으로 계약금 반환은 물론 그 이자에다가 적당히 위자료 등의 명목을 붙여 상당한 돈을 더 받았다. 합의서에 도장을 찍고 더 이상 쓸모없어진 임야 매매계약서를 북북 찢으며 문중 사람들은 "이야 근데 그 각서를 진짜 찾아내실 줄은 몰랐는데……"라며 어색한 표정을 지었다. 문중의 변호사는 자기 의뢰인들이 막판까지 쓸데없는 실언을 내뱉는데 기겁해 서둘러 모두를 데리고 자리를 떴다.

이 바닥 생활을 해보니, 적어도 소송전에서는 빌런과 히어로의 구별이 의미가 없었다. 모두가 빌런일 수도 히어로일 수도 있고, 빌런이었다가 히어로가 될 수도, 히어로였다가 빌런이 될 수도 있다. 처음부터 누가 정의로운 쪽인지, 누가 선량한 쪽인지 같은 걸 가르는 싸움이 아니다. 철저히 이해관계에 따라 냉정한 계산과 이합집산 편 가르기가 반복되었다. 이 판에 끼어 있는 사람들에겐 각자 믿는 것이 진실이고, 득 되는 것이 정의였다. 다들 복잡한 이해관계가 자기 유리할 대로 정리되기를 원할 뿐 객관적 진실이라든지 보편적 정의 같은 것에는 별 관심이 없다.

이런 '보통 사람들'의 '보편적인 행동 패턴'에 공감하면서도 왠지 씁쓸한 뒷맛이 남아 찝찝한 표정을 하고 앉아 있으니, 사정을 들은 선배가 심드렁한 한마디를 던져 어울리지 않는 감성 촉촉 시간에 마침표를 찍어주었다.

"뭐 그런 당연한 걸 가지고. 우리처럼 남의 일 하는 사람들한테. 남의 일은 남의 일로 끝나야지 내 일처럼 여기게 되는 순간 이 일 못해. 요즘 한가한가 봐?"

누구를 위한 진실 게임인가

계속 내가 술래 같은 건 기분 탓이겠지.

볕이 반짝반짝 내리쬐는 5월의 어느 날 오후쯤이었다. 그날따라 보스들이 모두 출타하시고 사무실에 딱히 급한 일도 없던 터라 나는 의자를 한껏 뒤로 젖힌 채 며칠 전 다운받아 놓고 여태 시작도 못한 핸드폰 게임에 열중하고 있었다.

하지만 내가 고상한 취미 생활 운운하며 되지도 않는 여유를 부리는 모습이 남 보기엔 퍽이나 가소로웠던 모양이다. 이제 겨우 튜토리얼 영상을 보고 있는데 우리 팀 직원이 자못 심각한 얼굴로 헐레벌떡 뛰어 들어왔다. 그는 아직 복사기의 뜨거운 정열이 채 가시지도 않은 사건 기록을 건네더니 "아이고, 변호사님 당장 좀 바쁘시겠네요"라며 걱정인지 놀림인지 분간이 어려운 말을 내뱉고는 사라졌다.

내 소확행 겸 일탈은 너무나 허망하게 끝나버렸다. 5월의 풍성한 미세먼지를 한껏 들이켜며 니나노 마실 간 줄 알았던 보스가 어느 틈엔지 사건을 수임한 다음, 원님 없는 동헌에서 사또 노릇이나 하고 있을 이방에게 그만 놀고 따박따박 타먹은 월급값을 증명하라 요구한 것이다. 헛헛한 마음을 잠시 달래고 시선을 옮겨 기록을 보니 체포된 피의자의 구속전 피의자 심문, 이른바 '영장실질심사' 사건이었다. 죄명은 '마약류 관리에 관한 법률 위반', 그러니까 피의자는 속칭 '약쟁이'였다.

통상 영장실질심사는 아주 급박하게 진행된다. 수사기관은 피의자를 체포한 경우 그때로부터 48시간 내에 구속영장을 청구하지 않으면 즉시 석방해야 한다. 따라서 체포 후 서둘러 구속영장을 청구하기 마련이고 법원 역시 구속영장 청구일 다음 날까지 피의자를 심문해야 하므로 신속하게 심문기일을 지정한다.

그런데 변호사 입장에서는 피의자의 혐의, 체포 경위나 이유 등 저간의 사정을 전혀 모르고 있다가 어느 날 갑자기 피의자 가족이 엉엉 울며 찾아오면 그때 비로소 사건을 맡게 된다. 이미 심문기일은 목전에 닥쳐 있지만 변론 준비는 전혀 안 되어 있으니 이때부터 변호사는 발등에 불이 떨어진 처지가 되는 것이다.

사건 기록(사실 구속영장 청구서 사본 말고는 딱히 기록이랄 것도 없다)을 훑으면서 똥줄이 바싹하게 타오르기 시작한 나는 즉시 구금 중인 의뢰인을 만나러 갔다. 검사실에 도착했을 때 깡마른 체구의 의뢰인은 이미 수사관에게 뭔가를 격하게 항의 중이었고 수사관은 성가심, 짜증, 피로 등이 뒤엉킨 목소리로 "아 글쎄 이 선생님, 그런 건 변호사랑 상의하시라니까?"를 반복 중이었다.

나는 둘 사이의 팽팽한 긴장을 최대한 건드리지 않으려 애쓰면서 가방을 열어 펜이나 노트 따위의 잡동사니를 주섬주섬 꺼냈다. 이런 내 모습을 미심쩍은 표정으로 쳐다보던 이 선생은 대뜸 "마약 전문 변호사이신가요?"라고 물었다. 나는 망설임 없이 "네? 아닌데요"라고 답했다.

대한변호사협회 규정(2019년 7월 기준)에 의하면 61가지에 달하는 변호사 전문 분야가 있지만 아쉽게도 '마약 전문'은 없다. 그리고 솔직히 까놓고 말해서 '전문 분야'는 변호사가 마케팅을 위해 내세우는 광고로서의 성격이 강하다. 대한변호사협회가 정해놓은 일정 요건을 충족할 때 변호사가 개인적으로 전문 분야를 신청해 등록하는데, 이때 '등록료'라는 명목으로 적지 않은 돈도 내야 한다. 그러니까 'OO 전문 변호사'라는 타이틀은 특별히 공인된 명예의 칭호 같은 게 아니라, 최소한의 검증을 거친 광고 카피 정도로 보는 것이 더 적절하다.

또 'OO 전문 변호사'라는 타이틀을 가졌다 한들 그 변호사가 해당 분야에서 다른 변호사보다 무조건 실력이 뛰어나다고 보장해주는 것도 결코 아니다. 나 역시 전문 분야 등록이 되어 있지만 그렇다 해서 무조건 다른 변호사보다 전문성이 높다고 자부할 수는 없다. 좀 더 까놓고 말하자면 변호사가 'OO 전문'이라는 (유료) 타이틀을 갖는 이유는 'OO 전문'이라는 문구를 어필해서 해당 분야의 사건 수임 기회가 확대되길 바라는 마음, 즉 광고 효과에 대한 기대 때문임을 부정할 수 없다.

이 선생은 실망한 기색이 역력해 보였으나 일단 나라도 의지하는 게 낫다고 판단했는지 자초지종을 털어놓았다. 그의 말에 의하면 이른 아침 찾아온 택배기사로부터 자그마한 상자 하나를 건네받던 중 갑자기 검찰 수사관들이 들이닥쳤고 마약 밀수 등의 혐의로 자신을 체포하더니 집을 뒤져 몇 가지 물건도 압수해 가더라는 것이다. 이 선생은 자신이 지금 엄청난 음모에 빠져 너무도 억울하게 잡혀 있으니 당장 풀어달라고 채근했다.

하지만 이 선생의 구속영장 청구서에 기재된 범죄 사실은, 그가 여러 차례 대마를 피웠고 향정신성 약물을 복용했고 아직 잘 알려지지 않은 신종 마약도 복용했으며 외국에 있는 딜러로부터 상당량의 마약을 밀수했다는 등 중범죄에 해당하는 내용이었다.

내가 영장 청구서 사본을 보여주며 "말씀하신 거랑 좀 다른데요?"라고 묻자 이 선생의 눈빛이 잠깐 흔들렸다. 그러더니 업무상 스트레스가 심해서 우연히 대마를 좀 얻어다가 집에 쟁여놓고 가끔씩 피운 건 사실이지만 마약 밀수니 신종 마약이니 하는 것은 다 모함이라며, 자신을 못 믿는 거냐고 되물었다.

아니다. 믿는다. 변호사는 무조건 의뢰인 편이니까. 다만 자초지종을 정확히 알아야 충실한 변론이 가능하기에 자잘한 것까지 굳이 따져 물을 뿐이다.

사건을 받자마자 구금 중인 사람을 만나러 달려가고 사무실에 돌아와서는 밤새 이러쿵저러쿵 의견서를 써내고 영장실질심사에도 출석해 피의자에게 구속의 필요성이 없음을 강변해보았으나 이미 체포될 때부터 상당량의 마약류 소지와 복용 사실을 자백한 이 선생은 구속을 피하지 못했다.

이후에도 그와 나는 몇 차례인가 검찰 조사를 더 받았는데, 매번 조사가 끝나고 구치소 접견실에서 재회할 때면 노상 옥신각신했다. 가장 큰 이유는 이 선생이 조사 전 내게 해준 얘기와 검사실에서 짐짓 굳은 표정의 검사에게 털어놓는 얘기가 항상 달랐기 때문이다.

이 선생은 처음 검사에게 불려 가기 전, 그저 우연한 기회에 아는 사람에게서 마약류를 조금 얻게 되어 호기심에 몇 번 손댔을 뿐이라고 했다. 그러나 검사가 내민 모발 감정서에는 피의자의 모발에서 대여섯 종의 마약 성분이 검출되었다는 내용이, 압수된 컴퓨터 감정서에는 안전한 마약 판매자를 찾기 위한 이 선생의 피땀 어린 검색 내역이 적나라하게 기재되어 있었다.

김빠지는 조사 후 뻐근해진 뒷덜미를 조몰락거리는 내게 이 선생은 사는 게 힘들어서 약을 좀 찾다 보니 그렇게 됐다면서 어물쩍거렸다. 자신은 결코 해외 딜러에게 마약을 구입해 국내 반입을 시도한 사실이 없고 수사기관이 신종 마약이라고 지적한 것은 전 세계적으로 유통되는 합법적인 약물임을 확인한 후 구매했다며 자신을 믿어달라 호소했다. 물론 믿는다. 변호인이 의뢰인의 말을 안 믿으면 누가 믿는단 말인가.

하지만 이 선생의 말이 또 거짓이었음을 확인하는 데는 그리 오랜 시간이 필요치 않았다. 전 세계적으로 유통되는 합법적인 약물이라던 것은 미국·일본 등 외국에서 이미 수 년 전에 마약류로 지정되어 소지·매매·사용이 금지된 상태였고 우리나라에서도 이 선생이 체포되기 한참 전부터 임시 마약류로 지정되어 있었다. 더구나 이런 사실은 인터넷 검색을 조금만 해봐도 쉽게 확인할 수 있었다.

다시금 뒷목을 잡은 채 이 선생을 만나 "선생님, 저한테까지 자꾸 사실과 다른 얘길 하시면 제가 도와드리기가 적잖이 곤란한데 말입니다"라고 했다. 그는 정색하며 사실은 그 약물이 자기가 살 때까지만 해도 합법이었는데 온라인 주문을 해놓고 배송을 기다리는 사이에 그렇게 되어버렸다고 했다. 나는 "하필 우리 선생님께서 주문한 물건만 배송이 6개월씩 걸려버렸네요"라고 위로하려다 아무래도 소용없을 것 같아 그만두었다.

이 선생은 화제를 바꿔 자신은 외국에서 무슨 택배고 뭐고 시킨 사실이 없는데 검찰이 마약 택배를 배달하는 척 함정을 파놓고 마약 밀수범 취급을 한다며 분개하기 시작했다. 하지만 문제의 택배 상자 겉면에는 그의 영문 이름과 주소가 또박또박 기재되어 있었다. 심지어 검사는 이 선생이 구속된 뒤에도 그의 집으로 마약 택배가 계속 배송되어, 검찰 직원이 꼬박꼬박 약 상자를 대신 받아 오는 호의를 베푸는 중이라고 했다.

늘 뒷덜미만 잡아서 내 마음속 대환장 난리통을 어필하지 못한 건가 싶어 이번에는 이마를 짚고 한껏 인상을 구긴 채 이 선생을 접견했다. 그러자 사실은 자기가 온라인 마약 거래 사이트에서 누군가와 채팅을 했는데, 관심사와 불우한 처지 등이 비슷해 금세 친해졌고 어느 날 그가 필요하다고 해서 영문 이름과 주소를 가르쳐주었을 뿐이라고 했다. 그러니까 마약 거래 사이트에서 활동하는 누군가가 고가의 마약을 깜짝 선물하려고 의도적으로 우리 고객님에게 접근한 다음, 이름과 주소를 알아내자 곧바로 시키지도 않은 약 상자를 계속 보낸다는 것이다.

그러나 얼마 후 이 선생이 여러 차례에 걸쳐 특정 배송업체의 해외 배송 기간, 배송 지연 시 문의처, 자신을 수신자로 한 물건의 배송 현황 등을 검색한 내역이 고스란히 기재된 휴대전화기 감정서가 등장했다. 함정이라거나 모함이라며 분개하던 이 선생은 고개를 떨군 채 더 이상 아무 말도 하지 못했다.

나는 마침내 의뢰인이 그간 꽁꽁 숨겨온 사실들을 모두

알게 되었지만 전혀 즐겁지 않았다.

…

비단 형사사건뿐만 아니라 민사나 가사 등 다른 유형의 사건에서도 변호사와 의뢰인은 종종 끝없는 숨바꼭질을 한다. 물론 술래는 대개 변호사다. 어떤 사건이든 그 상세한 내막을 의뢰인보다 잘 아는 사람은 없다. 그에 반해 변호사는 관련 정보가 0인 상태에서 의뢰인이 제공하는 정보를 기반으로 차곡차곡 사건을 재구성해나가는 사람이다. 의뢰인이 어떤 정보를 얼마나, 어떻게 제공하느냐에 따라 변호사의 공격·방어방법도 달라진다. 그래서 변호사는 의뢰인을 전적으로 믿어야 하고 의뢰인은 변호사에게 사실을 빠짐없이 정확히 알려주어야 한다.

하지만 대부분의 의뢰인들은 자신에게 불리한 사실은 일단 변호사에게도 숨기고 본다. 숨은 얘기를 알고 싶으면 네가 요리조리 잘 살펴서 찾아내라는 식으로 뜬금없이 진실 게임을 시작하는 것이다. 이런 숨바꼭질은 의뢰인이나 변호사 모두에게 득이 될 것도, 재미날 것도 전혀 없으나 술래가 이기든지 아니면 의뢰인이 제풀에 지쳐 그만둘 때까지 계속된다. 그리고 마침내 게임이 끝나 숨은 얘기가 밝혀지더라도 의뢰인은 "아니, 뭐 그런 것까지 아실 필요가……"라거나 "그건 이미 다 알고 계실 줄 알았지……"라며 말끝을 흐린다.

굳이 좋게 생각하자면, 이 게임에는 변호사의 일처리가 얼마나 꼼꼼한지 시험해보려는 의뢰인의 깊은 뜻이 담겼을지도 모른다. 그러나 변호사와 의뢰인이 숨바꼭질을 벌이는 건 대체로 약점을 감추고 손해를 덜 보려 하는 사람의 본성 때문이다. 의뢰인 입장에서는 자기 체면도 있고 한데 굳이 약점까지 미주알고주알 털어놓기가 좀 그렇고 그냥 자신 있게 밝힐 수 있는 부분만 가지고 변호사가 알아서 잘 구워삶아 승소해주었으면 하는 바람이 큰 것이다.

그 마음을 이해 못하는 건 아니지만 그래도 변호사는 '뭐 그런 것'까지 다 알아야 한다. 남에게 자기 일을 맡기는 사람과 남의 일을 자기 일처럼 맡아서 해주는 사람 사이에는 숨김이 없어야 일이 성공할 수 있다. 모름지기 재료가 풍성해야 음식 맛이 제대로 나는 것처럼 변호사가 사건에 관해 숟가락 개수까지 다 꿰고 있어야 논리에 빈틈이 없다. 치밀한 논리는 재판 중 어떤 변수에도 유연하게 대처할 수 있는 여유를 제공하고 그런 여유는 승소 가능성을 높이는 중요한 요소가 된다.

한 20년 전에 배우 전광렬이 주연을 맡은 드라마 〈허준〉이 크게 히트를 쳤는데 대사 중에 "궁중宮中에는 허언虛言이 없다"는 말이 있었다. 이 말은 서초동 송무 바닥의 현실에도 부합한다. 법정에는 허언이 없다.

사건과 관련해 당사자나 변호사가 법정에서 한 진술을 다시 주워 담기란 매우 어렵다. 선서한 사람이 허언을 하면 형사처벌도 받는다. 의뢰인이 변호사에게 뭔가를 숨기면, 그래서 변호사가 사건의 일면을 전부로 알고 섣불리 변론에 나선다면, 때때로 돌이킬 수 없는 결과를 가져온다.

그러니 의미 없는 진실 게임은 이제 그만. 아무리 재미있는 놀이라도 술래만 계속하면 금세 지친다. 동네 꼬맹이들이 술래잡기 하는 것만 보더라도 재수인지 모략인지 아무튼 누군가 한 명이 연거푸 술래가 될 때가 꼭 있는데, 한 세 번쯤 술래에 당첨되면 그 녀석은 반드시 엉엉 울며 집에 가버린다.

지금 내 기분이 그래. 근데 울 수도 없고 집에도 못가⋯⋯.

어느 노동자의 마지막 유산

쉽게 포기하면 안 되잖아요.

"여기 뒤에 있는 사람이 제 남편입니다. 사진 찍기를 싫어해서 이런 것밖에 없네요."

중년의 여성 의뢰인은 작업복을 입은 서너 명의 근로자들이 일터로 보이는 공장 한편에서 찍은 사진을 내밀며 그중 가장 뒤에 엉거주춤 서 있는 자그마한 체구의 남자를 가리켰다. 그것은 내가 본 자갈치 씨의 가장 최근 사진이자 가장 마지막 사진이며 또한 유일한 사진이었다.

자갈치 씨는 대형 화학약품 제조공장의 생산직 근로자였다. 동료들은 부산 자갈치시장 골목 출신이었던 그에게 놀림과 애정을 반씩 섞어 자갈치 주임이라는 별명을 붙여주었다.

작은 체구에 수줍음 많은 성격, 10여 년간 한 공장에서 우직하게 맡은 업무를 소화하며 번 돈으로 부인과 3남매를 건사하면서 알뜰살뜰 열심히 사는 자갈치 씨가 유난히 기특했는지 신은 그를 빨리 곁에 두려 했다. 자갈치 씨는 언젠가부터 자꾸만 어지럼증이 나타나고 전신 무력감, 이유 없는 구토증세 등에 시달리다가 링거라도 한 대 맞으면 나아질까 하는 생각으로 찾은 병원에서 급성 골수성 백혈병을 진단받았다.

그리고 불과 몇 달 뒤, 자갈치 씨는 삐쩍 마른 몸을 모로 누인 채 처자식들에게 '나중에 보자'는 말 한마디 못 남기고 혼자 먼 길을 떠났다. 그야말로 어이없고 황망한 죽음이었다.

물론 가족들은 이루 말로 다할 수 없는 비통에 잠겼으나 그래도 산 사람은 살아야 했다. 자갈치 부인은 자갈치 씨의 장례를 치르고 어느 정도 정신을 수습하자 근로복지공단에 유족급여(이른바 '산재보험'의 적용을 받는 근로자가 업무상 재해로 사망한 경우 그 유족들의 생활보장을 위해 지급되는 보험급여)를 신청했다. 평소 마라톤 코스도 완주할 만큼 건강했던 자갈치 씨가 갑자기 백혈병을 얻은 건 유독성 화학약품 제조 현장에서 장기간 근무하며 누적된 독성 물질이 원인이니 이는 '업무상 재해로 사망한 경우'에 해당한다는 취지였다.

그러나 근로복지공단은 심사 결과 '자갈치 씨의 근무지에서 검출된 유독물의 양이 관계법령에서 정한 수준에 미달해 백혈병 발병과의 인과관계가 분명치 않으므로 자갈치 씨의 업무상 재해를 인정할 수 없다'며 유족급여를 거부했다. 이에 자갈치 부인은 근로복지공단을 상대로 유족급여 부지급 처분 취소소송을 제기했으나 1심에서도 같은 이유로 패소하자 돌고 돌아 나와 만나게 되었다.

이 무렵 나는 변호사 행세를 한 지 고작 3년째인 '쥐뿔도 모르는 풋내기'였지만 어쩐지 이 바닥 일에 몹시도 지쳐 있었다. 왜 그랬는지 이유를 대라면 주섬주섬 그러모아 열두 개도 댈 수 있지만 가장 큰 원인은 시시각각 예측 불가로 배당되는 사건 때문이었다.

지금은 더하지만 저 당시에도 서초동 바닥은 뱃가죽이 등에 붙은 흥부가 쌀밥, 보리밥을 가려 먹을 만큼 자비로운 곳이 아니었고 오히려 설익은 보릿자루라도 씹어 삼켜야 살아남을 수 있는 곳이었다. 따라서 이 냉혹한 바닥을 굴러다니는 변호사가 꾸준히 생계를 유지하려면 치열한 경쟁 구도에서 어떻게든 밀리지 않고 버텨야 했다. 하고 싶은 사건, 승기가 확실한 사건만 골라 수임하는 식의 사치는 꿈조차 꾸기 어려웠다. 게다가 어차피 나는 월급쟁이에 불과했기에 어떤 사건을 수임할지 말지, 수임한 사건을 누구에게 어떻게 배당할지 등은 내가 이래라저래라 할 수 있는 문제도 아니었다. 그러다 보니 어느 날 어떤 사건을 뒤적거리고 있노라면 갑자기 전혀 상관없는 내용의 다른 사건이 급하다며 배당되고, 허둥지둥 그 사건을 만지작거리고 있으면 또 갑자기 생전 듣도 보도 못한 법령과 법리가 적용되는 사건이 배당됐다. 이 난리 통에 언제, 무슨 사건이, 어떻게 찾아올지 가늠조차 할 수 없어 나는 심한 스트레스와 불안 상태에 놓이게 되었다.

변호사 노릇을 하려면 학교에서 이런저런 법학 수업도 듣고 나름의 사례 연구도 하고 시험도 봐야 하지만 이는 기초이자 기본일 뿐이다. 제아무리 노련한 변호사라 한들 사실은 이 땅의 오만 가지 법령 중 빙산의 일각밖에 알지 못한다. 그가 경험한 사건 역시 이 땅에서 벌어졌거나 벌어지고 있는 무수한 사건 중 극히 일부에 지나지 않는다. 그러니 변호사도 새로운 사건을 맡을 때마다 여기에 대체 무슨 법이 적용되는지, 어떤 법리에 따라 썰을 풀어야 하는 건지 새빠지게 찾고 공부하지 않으면 안 된다.

지식과 경험 모두가 일천한 나로서는 매일매일 처음 보는 미로에 떨궈진 채 변변한 힌트도 없이 출구를 찾아야만 하는 기분이었고 금세 노곤한 피로가 온몸에 덕지덕지 붙어 다녔다. 이 와중에 찾아온 자갈치 씨의 사건은 당연히 그때까지 듣지도 보지도 못한 법령과 법리가 적용되는 사안이었으며 하필 항소심 사건이기도 했다.

군이 소송을 직접 경험해보지 않더라도 모두가 익히 알 듯 우리나라는 3심제, 그러니까 하나의 사건을 세 번 재판받을 수 있는 기회를 보장하고 있다. 그런데 이는 어디까지나 세 번의 재판 기회를 보장할 뿐이지 세 번 중 한 번쯤은 청구를 인용해준다는 뜻이 아니고 오히려 상급심으로 올라갈수록 종전의 결과가 번복될 확률은 낮아지기 마련이다. 따라서 이미 1심에서 전부 패소한 자갈치 부인의 2심 승산은 결코 높지 않았다.

솔직히 고백건대, 그래서 나는 자갈치 부인의 이런저런 하소연이 귀에 잘 들리지 않았다. 길치 두더지마냥 매일같이 새로운 구덩이를 파는 생활에 삶의 여유가 조기 소진되고 나니 못 이기는 척 사건 기록을 들춰봐도 자갈치 씨의 죽음을 업무상 재해로 인정할 만한 증거가 없다는 취지의 1심 판단만 눈에 들어올 뿐이었다. 속으로는 이미 '이걸 어떻게 뒤집어……' 하며 전의를 상실해가고 있었다.

자갈치 씨의 업무상 재해가 인정되려면 무엇보다 그의 업무와 재해 발생 사이에 산업재해보상보험법에서 말하는 이른바 '상당인과관계'가 인정되어야 하고 증명 책임은 원칙적으로 원고 즉, 자갈치 씨의 유족이 부담한다. 그런데 관련 분야 전문가도, 재해를 입은 근로자 본인도 아닌 유족들이 위에서 말한 상당인과관계를 의학적 혹은 자연과학적 측면에서 명백히 입증한다는 것은 거의 불가능에 가깝다. 따라서 실제로는 상당인과관계의 존재를 추단케 할 수만 있어도 근로자 측은 일단 증명 책임을 다한 것으로 인정되지만 유족들에게는 이마저도 결코 쉬운 일이 아니다.

더구나 자갈치 씨 사후 그의 작업장 등지에서 실시된 역학조사 결과도 공기 중 시료에서 백혈병을 유발하는 벤젠, 기타 유해 물질이 검출되지 않거나 노출 기준치 미만이라는 힘 빠지는 내용을 담고 있었다. 자갈치 씨의 생전 근무 환경을 누구보다 자세히 알 법한 동료들은 남의 일에 괜히 호기 부리며 나섰다가 회사에서 혹시 모를 불이익을 받을까 우려해 한사코 증언을 거부했다.

나는 자갈치 부인에게 이런 사정을 설명한 다음 자못 피로한 표정으로 승산이 높지 않다는 둥 아주 어려운 싸움이 될 것 같다는 둥의 얘기를 내뱉었다. 자갈치 부인은 아까부터 같은 소리를 중언부언하는 변호사를 말없이 지켜보다가 불쑥 "포기하자는 건가요"라고 물었다. 꼭꼭 숨겨둔 속내를 한 방에 들켜버린 나는 당혹감에 급격히 무너지는 표정을 가까스로 수습한 뒤 "그런 건 아니고요. 다만 이대로 가면 솔직히 못 이기실 거 같다는 말씀을 드리는 겁니다"라며 쭈뼛쭈뼛 변명을 내놓았다.

하지만 졸지에 과부가 되어 자식 셋을 혼자 품게 된 자갈치 부인은 내 생각보다 훨씬 의지가 굳센 사람이었다. 부인은 더 이상 물러설 곳이 없다고 했다. 유족급여는 한편으론 자갈치 씨가 목숨과 맞바꾸어 남긴 유산 같은 것이니 자갈치 씨가 무덤에서 일어나 스스로 포기하면 몰라도 자기가 포기할 수는 없다고 했다.

이후 자갈치 부인은 자신이 할 수 있는 일을 찾아 기민하게 움직였다. 혹시 모를 불이익을 우려해 증인으로 나서기를 꺼리던 자갈치 씨의 직장 동료들을 일일이 찾아다니며 설득에 설득을 거듭했다. 때로는 "아니, 거짓말해달라는 것도 아니고 그저 우리 남편 살아 있을 때 공장이 어땠는지 얘기만 좀 해달라는 건데 뭐가 그리 겁나요"라며 쓴소리도 하고, 때로는 "혹시나 이거 증인 서줬다고 회사에서 싫은 소리 하면 내가 책임질게요. 내가 대신 공장 문 앞에 자리 깔고 누워드릴게요"라며 강단을 보이기도 했다.

자갈치 부인의 정성은 실제로 효과가 있었다. 법원에 증인의 구인拘引(법원의 소환에 이유 없이 불응하는 증인을 강제로 데려오는 절차 정도로 이해하면 쉽다)을 신청해야 할 정도로 도무지 꿈쩍 않던 자갈치 씨의 직장 동료들이 하나둘씩 태도를 바꾸는가 싶더니, 아예 퇴사를 결심하고 그간 있었던 사실 그대로를 증언해주겠다는 사람도 두어 명 나타났다.

나는 평소 '안 되는 건 어차피 안 돼'라든지 '빠른 포기는 시간 절약' 같은 촌철살인에 손뼉 치며 동조하는 사람이었지만 이번만큼은 어쩐지 자갈치 부인에게 고개 숙여 사과해야 할 것 같은 마음이 들었다. 내 깜냥에 무슨 훌륭한 변호사까지 될 생각은 없었지만 그래도 쉽게 사건 하나 치우고 착수금이나 챙기는 몰염치한 놈은 되지 말았어야 했는데, 뭐든지 자기가 할 수 있는 일은 다 해 오겠다는 자갈치 부인의 결연한 얼굴을 볼 때마다 뼛속까지 찌릿한 부끄러움이 차올랐다.

···

이제 공은 내게로 넘어왔다. 우선 자갈치 부인이 데려온 증인들에게 몇 가지 중요한 진술을 들었다. 자갈치 씨를 비롯한 현장 생산직 근로자들의 평소 업무에는 유기 과산화물 원료 혼합, 시료 채취, 완제품 포장, 폐기물 분리 등의 수작업이 상당 부분 포함되어 있었다. 특히 하루에도 몇 번씩 각종 화학물질이 혼합되어 있는 수조에서 수공구를 이용해 시료를 채취하다 보니 그 시료나 원료가 근로자의 신체에 튀는 일도 다반사였다고 했다. 그리고 작업장의 역학조사가 이뤄진 때는 이미 자갈치 씨 사망으로 공장 내 화학물질 유해성에 대한 경각심이 극도로 높아지고 작업환경 관리 또한 철저히 강화된 뒤였다는 것이다.

이어서 자갈치 씨가 평소 근무 중 다뤘던 화학물질의 성분과 특성을 하나하나 찾아보았다. 일부 물질은 당시 이미 백혈병을 유발하는 것으로 널리 알려져 있던 벤젠을 함유하고 있었고, 벤젠과 무관한 물질이라 하더라도 대부분은 신경계, 호흡기계 등의 질병을 유발할 수 있는 고유의 독성이 있었다. 또한 섭취하는 경우뿐만 아니라 눈, 피부, 호흡기 등을 통해 얼마든지 인체에 흡수될 수 있었다.

비록 벤젠을 제외한 나머지 물질들에 대한 독성 분석 결과지의 종합 결론은 '백혈병을 유발할 수도 안 할 수도 있고 아직 명확히 알 수 없다'는 식의 애매하기 짝이 없는 것이었지만 마찬가지로 백혈병의 원인과 유발 인자 역시 현대 의학이 완전히 밝혀내지는 못하고 있는 상황이었다. 보기에 따라서는 자갈치 씨가 장기간 화학제품 제조 현장에서 근무하는 동안 그의 몸에 누적된 다양한 종류의 유독물이 어쩌면 백혈병을 유발했거나 혹은 발병을 촉진한 하나의 원인이 되었을 수 있다는 주장도 가능했다.

그 무렵 등장한 대법원 판결도 자갈치 부인의 고단한 싸움에 힘을 실어주었다. 산업재해보상보험법 시행령에서 말하는 업무상 질병에 대한 구체적인 인정 기준은 예시일 뿐이므로 그 기준을 충족하지 않는 경우라도 업무상 질병을 인정할 수 있다는 취지를 분명히 한 것이다.

이윽고 맞이한 마지막 변론기일에 나는 자갈치 씨가 장기간 벤젠을 비롯한 여러 유해 물질에 노출되어온 점, 아직까지 백혈병의 발병 원인이 전부 규명되지 않은 이상 평소 건강했던 사람에게 백혈병이 발병했다면 근무 중 누적된 유해 물질이 적어도 하나의 원인이 되었다고 볼 수밖에 없는 점, 관계법령이 정한 기준치 미만의 유해 물질 노출이더라도 백혈병 등의 치명적인 질병 유발 가능성이 전혀 없다고 할 수 없는 점, 이와 반대되는 취지의 역학조사 결과는 그 시기와 방법에 비추어 자갈치 씨 생전의 근무 환경을 제대로 반영치 못해 신뢰할 수 없는 점 등을 강변했다. 자갈치 부인은 녹초가 되어 퇴근한 남편에게 약품 냄새가 코를 찌른다는 둥 면박만 주었던 자신을 탓하며 통곡했다.

두 달 뒤, 마침내 자갈치 부인은 승소했다.

자갈치 씨의 소송자료를 회수하러 사무실을 찾은 자갈치 부인에게 나는 "부인께서 끝까지 포기하지 않으신 덕에 결과가 좋았네요. 축하드립니다"라고 인사를 건넸다. 자갈치 부인은 희미하게 웃더니 "저는 포기 안 해요. 요즘 애들이 그러던데 포기는 배추 셀 때나 쓴다면서요"라며 한참 철 지난 농담을 던졌다.

　나는 덩달아 피식피식 웃었지만 그건 자갈치 부인이 주워들은 농지거리가 재밌어서가 아니었다. 하마터면 자갈치 씨가 원통함에 무덤을 박차고 일어나도록 할 뻔한 내 경솔함을 애써 잊어보기 위한 것이었다. 자갈치 씨는 생면부지인 애송이 변호사에게도 돈보다 귀한 유산을 남겨준 셈이다.

II

생계형 변호사의
현타 오는 순간

_그때 그 순간을
곰곰이 생각해보면 말입니다

이 바닥이 원래 이렇게 굴러가는 건지,
내가 유별나서 이 바닥에 적응 못하는 건지
무릎을 모으고 앉아 골똘히 생각해보았지만
명쾌한 답은 나오지 않았다.

변호사 놈, 변호사님

'님'에서 점 하나 찍고 돌리면 '놈'.

2020년 4월 1일 기준, 대한변호사협회 통계에 따르면 이 땅에는 2만 3,334명의 변호사가 개업하고 활동 중이다. 어떤 사정으로 휴업 중이거나 아직 개업하지 않은 변호사(휴업 상태이거나 미개업 상태이더라도 변호사 자격은 보유할 수 있다)까지 더하면 당신 주변에는 이미 2만 7,880명 이상의 변호사가 우글거리고 있다. 게다가 새로이 시장에 진입하는 변호사가 퇴장하는 변호사보다 압도적으로 많다 보니, 앞으로 더 많은 변호사들이 꾸역꾸역 몰려들게 될 것은 자명한 현실이다.

그렇다면 변호사들의 면면도 2만 7,880가지 이상으로 다양할 것인데, 희한하게도 의뢰인의 입에 오르내리는 변호사는 딱 두 종류다. '변호사 놈' 아니면 '변호사님'. 앞의 '놈'자 쓰이신 분은 이따금씩 입담이 구성진 사람에게 신체가 온전치 못하다거나 정신력이 현저히 부족하다거나 아니면 뭐 개자녀, 후레자녀, 호로자녀 등의 취지로 변형되어 불리기도 하더라만, 하여튼 대별하면 저렇게 두 종류다.

사실 글자만 놓고 보면 '놈'이나 '님'이나 그렇게 큰 차이도 없는데 의미를 놓고 보면 하나는 '에라 빌어먹을 자식'이고 다른 하나는 '아이고 우리 선생님'급의 차이가 있다. 왜일까?

의뢰인이 변호사를 '놈' 또는 '님'으로 딱 잘라 구분해서 부르는 이유는 결국 명확히 승패가 갈리는 이 바닥의 냉혹한 생리 때문이다. 그 승패에 따라 의뢰인의 이해득실도 극명하게 갈리는데, 하필 그 일선에는 의뢰인이 구리 알 같은 생돈으로 '고용'한 변호사가 있다.

아, 변호사를 '고용'한다고 표현하면 또 어떤 분은 변호사는 위임받은 업무를 하는 사람이지 직원처럼 고용하거나 물건처럼 살 수 있는 게 아니라며 반발할지 모른다. 이런 의견은 법리적으로는 타당할지라도 오늘날 변호사의 현실과는 영 동떨어진 것이다. 마치 구한말 상투를 틀고 커다란 갓과 펄럭이는 두루마기를 걸친 선비가 신식 총포 가득한 이양선 앞에서 창의倡義를 부르짖는 모습과 같달까.

아무튼 그래서인지 상당수의 사람들이 변호사를 만나면 "당신 승률이 얼마요?"라고 묻는다. 사람 성격에 따라 만나기 무섭게 불쑥 묻거나 이리저리 변죽만 울리다 조심스레 묻거나 하는 차이는 있을지언정 십중팔구는 변호사의 승률을 따진다. 또한 대부분의 사람들은 변호사를 찾아 자기 사건을 실컷 논의하고 난 다음 기다렸다는 듯이 묻는다.

"자, 그래서 내 사건은 이길 확률이 얼마나 됩니까?"

그럼 변호사 입장에서 정답은 뭘까?

"저도 모르죠"다.

만약 누군가가 당신에게 "아유 사장님, 이 사건은 무조건 이깁니다"라고 장담한다면 그는 사기꾼이거나 인간의 탈을 쓴 신일 거다. 그런데 허구한 날 무릎 꿇고 기도해봐야 들은 척도 안 하던 신이 하필 당신이 곤란할 때, 그 딱한 사정을 어떻게 알고 귀인처럼 나타나 승소를 장담해주겠는가. 그럴 리 만무하다. 그러니 결국 저 사람은 그저 당신의 돈을 노리는 사기꾼, 뜨내기임이 분명하다.

온갖 사건이 난무하는 서초동 송무 바닥에서 하나의 진리처럼 여겨지는 말이 있는데, 바로 사건은 생물生物과도 같다는 것이다. 말 그대로 사건은 살아 숨 쉬는 존재와 같아서 언제, 어디로, 어떻게 튈지 알 수 없고 멀쩡히 잘 살아 있다가 하루아침에 죽어버리기도, 반송장처럼 헐떡거리며 오늘내일 하다가 어느 날 갑자기 회춘하기도 한다. 그래서 적어도 입신의 경지에 이르지 않고서는 고작 인간 따위가 감히 사건의 결말을 장담할 수 있을 리 없는 것이다. 물론 가뭄에 콩 나듯 어쩌다 한 번쯤은 스스로 장담한 대로 사건이 종결되는 경우도 있지만 그건 순전히 재수이지 그가 제갈공명 뺨치는 통찰력과 혜안을 가졌기 때문이 아니다.

드라마 〈리갈하이〉(원작은 일본 드라마지만 최근 국내에서 리메이크됐다)를 보면 승률 100퍼센트, 무패의 전적을 자랑하는 변호사 주인공이 등장하는데, 사람들은 그가 '무적의 왕싸가지'임에도 압도적인 승률에 열광하며 앞다투어 찾아온다. 하지만 만약 〈리갈하이〉의 주인공이 실재했다면 그는 지금 교도소 담장 위를 아슬아슬하게 걷고 있는 셈이리라.

변호사의 '승률'이라는 것이 마치 UFC 파이터처럼 몇 승, 몇 패, 몇 KO로 기록되지도 않을뿐더러 대다수의 사건은 일부 승, 일부 패의 결말을 맞게 되므로 통산 몇 퍼센트 승률이라는 것 자체가 있을 수 없다. 따라서 누군가가 자신의 승률이 100퍼센트라고 광고한다면 혹은 양심상 100퍼센트까지는 아니더라도 타의 추종을 불허하는 압도적 승률을 기록 중이라고 한다면, 강조하건대 그는 사기꾼 아니면 신이지 '믿고 일을 맡길 만한 사람'은 결코 아니다.

설령 변호사마다 공식 승률이 기록되고 있다 치더라도 여전히 무의미하다. 예를 들어 어떤 변호사의 공식 승률이 70퍼센트라면 이는 현재까지의 통산 전적이 그렇다는 것일 뿐 당신의 사건 또한 승소할 확률이 70퍼센트라는 의미가 아니기 때문이다.

그럼 승률은 접어두고 변호사에게 승소 가능성을 묻는 것은 어떨까? 이 또한 무의미하다. 어떤 변호사가 당신의 얘기만 듣고 승소 가능성을 70퍼센트로 전망했다 해서 정말로 당신 사건의 승소 확률이 70퍼센트가 된다면 그 변호사는 갓 오브 갓이거나 당장 변호사를 때려치우고 로또나 사 모아야 할 만큼 억세게 재수가 좋은 사람이다.

...

그러니 믿고 일을 맡길 만한 변호사를 찾는다면서 변호사의 승률부터 따져 묻거나, 변호사더러 수치화된 승소 전망을 내놓아라 채근한다면 그는 조만간 이 바닥 호구 신세를 면하지 못한다. 축구 감독 거스 히딩크는 "약팀 상대로 5대 0 대승을 하는 것보다 강팀 상대로 0대 5 참패를 하는 것이 한국 축구 발전에 더 큰 도움이 된다"고 했다. 주먹 쓰는 건달도 수시로 약자를 두들겨 패는 쪽보다 수시로 강자에게 흠씬 두들겨 맞아본 쪽이 더 잘 싸운다. 마찬가지로 쉽고 간단한 사건만 맡아 승률 100퍼센트를 기록한 변호사보다 어렵고 복잡다단한 사건만 맡아 승률 0퍼센트를 기록한 변호사가 당신의 사건 처리에는 더 큰 도움이 될 수도 있다.

서초동 바닥에는 오늘도 수많은 사람들이 저마다의 사연을 잔뜩 짊어진 채 일 잘하는 변호사를 찾아다닌다. 이들이 변호사 '놈'을 만나게 될지 변호사'님'을 만나게 될지는 각자 선택하기 나름이다(물론 일부는 재수에 좌우되는 면도 없지 않다).

승률이라든가 승소 가능성 같은 숫자 놀음보다 당신의 얘기를 경청할 줄 알고 관련사건 경험이 풍부한 변호사를 찾는다면, 당신이 믿어주는 만큼 변호사 역시 당신을 위해 저돌적인 총잡이가 될 것이다. 상길이놈이 끊어다 놓은 고기와 박 서방님이 끊어다 놓은 고기는 근수부터 차이가 나는 법 아니겠는가.

어쩌다 변호사가 되었나요

그러게요, 왜 그랬을까요.

나는 이상적인 아웃사이더의 요건을 모두 갖추고 태어났다. 사람 많은 곳 싫어하고 낯선 이와 대면하기 싫어하고 이유 없이 불평만 가득하고 칭찬에는 인색하나 비난에는 일가견이 있고 남의 속내엔 빈정대기 일쑤면서 내 속내를 드러내는 일은 좀처럼 없으며 주류나 기성 집단에는 덮어놓고 반기를 든다.

그러다 보니 언제, 어디서든, 누구에게든 스스로 나서서 내 얘기를 하는 경우란 거의 없는데, 커다란 안경을 쓰고 머리, 가슴, 배가 제멋대로 구부러진 채 유령처럼 걸어 다니는 내 모습을 처음 본 고객님들은 이 친구 이거…… 허접하기 이를 데 없어 보이는 게 무슨 재수로 변호사 행세를 하게 됐는지 몹시 궁금한가 보다. 한참 사건 얘기를 하다가도 잠시 쉬는 시간을 갖게 되면 십중팔구는 어쩌다 변호사 일을 하게 되었는지, 해보니 일이 적성에 맞는지 따위를 묻는다. 우리 애가 요즘 질풍노도를 온몸으로 때려 맞는 중인데 애는 언제 1등 해서 '사'자 직업 좀 가져보느냐며 하소연하는 고객도 있다.

이분들이 진짜 궁금한 게 뭔지, 정말로 듣고 싶은 얘기가 뭔지 전혀 모르는 것은 아니지만 울퉁불퉁 모난 성격상 고객님들 귀에 말랑말랑 복음만 전파하는 건 차마 못하겠다. 그래서 가끔씩 지극히 주관적인 경험담을 팩트에 입각해 전달해드린다.

"어쩌다 변호사 일을 하게 되었냐면, 그러게요, 왜 그랬을까요. 저도 잘 모르겠네요."

"이 일이 적성에 맞느냐면, 글쎄요, 일단 이거 하면서 제 적성이 뭔지부터 찾아보려고요."

"자제분은 언제 1등 해서 '사'자 직업 좀 가져보느냐면, 저도 아직 1등을 못해봐서요. 하지만 정작 공부의 신이나 직장의 신들은 모두 유튜브나 브이로그를 하던데요."

내 얘기를 들은 고객님들은 대체로 실망하거나 애써 믿지 않으려 하지만 모두 사실이다.

일단 나는 대학을 졸업할 때까지 변호사가 되겠다는 장래희망을 가져본 적이 없다. 10대는 물론이고 20대 때도 딱히 하고 싶은 것도, 되고 싶은 것도 없었다. 그러니까 10대에는 정말 아무 생각 없이, 그저 꾸역꾸역 학교나 다니며 뭐든지 내 맘대로 할 수 있는 20대가 어서 오기만을 바랐다. 20대가 되어 '성인' 타이틀을 획득했을 때에도 꿈, 내일, 청춘 같은 거 모조리 학교 앞 PC방에 쏟아 붓고 살며 준비 없이 찾아온 무한한 자유를 낭비했다. 물론 그 와중에도 30대가 되면 자연히 '완성된 사회인'의 삶을 살고 있으리라는 기대를 품었으나 당연히 근거는 없었다. 그 덕에 내 인생 지도는 왔던 길만 괴발개발 그려져 있을 뿐 나아가야 할 길은 완전히 깔끔한 백지였다.

부친은 "자고로 사내 자슥은 상대나 법대를 나와 평생 해먹을 수 있는 전문직을 가져야 한다"를 지론으로 삼고 내가 각종 고시에 도전하길 바라셨다. 물론 나는 그가 디테일하게 그려놓은 내 인생 지도의 일방로에 격한 거부감을 보였고 이 바닥 생활에는 일절 관심을 갖지 않았다.

그렇게 대강대강 그날만 수습하며 살다가 졸업이 다가왔다. 남들 따라 온통 아무 말 거짓말 대잔치인 취업 지원서를 수십 군데쯤 냈고 역시나 남들처럼 수십 군데쯤 떨어지다 막판에 요행히도 내 거짓말에 속아 넘어간 한 회사의 부름을 받았다. 하지만 월급쟁이의 비애에 사무침이 꽤나 깊었던 부친은 평생 샐러리맨이었던 그의 뒤를 이어 이 나라 만백성의 대본**인 샐러리맨이 되겠다는 취지의 내 선택을 몹시 탐탁지 않아 하셨다.

그러던 어느 날, 부모 형제를 앞에 두고 깨알 같은 직딩 라이프 떠벌리기에 신이 나 있던 내 뒤통수로 부친은 "말 드럽게 안 듣네. 어차피 니 인생인데 맘대로 살아라" 하고 급포기를 선언하셨다. 나는 비로소 부친의 7080식 지론에서 해방됐지만 어쩐지 버리는 카드가 된 것 같은 느낌이 들면서 새삼 근원을 알 수 없는 반발심이 치솟았다.

보통 사람은 일생에 세 번 정도 크게 무모한 짓을 벌인다고 하던데 그날 나는 세 번의 기회 중 한 번을 사용했다. 버리는 카드가 되자마자 즉시 직장을 때려치운 것이다. 때마침 이 땅은 격변의 시기를 맞아 로스쿨이 문을 막 열어젖힌 상태였고 버린 카드의 재활용법을 찾아 헤매던 나는 혼란스러운 시류에 편승해 로스쿨을 기웃거렸다. 얼마 후 문득 정신을 차렸을 땐 생뚱맞게 변호사 노릇을 하고 있었다.

이후 부친은 더 이상 샐러리맨의 슬픔에 관해 각성할 것을 촉구하지 않았다. 대신 변호사는 무릇 공직에 진출해 겨레

의 번영에 투신해야 한다는 둥 또 다른 지론을 주섬주섬 꺼내
놓긴 하셨지만.

...

　숨겨놓은 내 사정이 이리 지난하다 보니 '어떻게'도 아니
고 '어쩌다' 변호사가 되었냐고 물으면 자연스레 "그러게요,
저도 왜 그랬는지 잘……"이라는 대답이 나온다. 어떤 변호사
는 저런 질문을 받으면 기다렸다는 듯이 가슴을 내밀고 '세
상의 모순과 부조리를 더 이상 묵과할 수 없었다'는 둥 '이 땅
의 공의를 정오의 빛처럼 밝히고자 법조인의 길을 택했다'는
둥 청산유수더라만, 글쎄…… 속물인 나는 단 한 번도 그 같
은 결의를 품어본 적이 없다. 내 깜냥에 무슨 공의의 봉송자
행세인가 싶기도 하거니와 생계의 근간인 직업을 택하면서
거창하게 국가와 국민까지 두루 염려할 여유는 없었다. 그런
건 이미 나보다 훨씬 훌륭한 분들이 서로 국민의 명을 받았
다며 앞다퉈 고민하고 계시지 않은가.
　자식 둔 고객님들은 내 입에서 "부모님, 선생님 말씀 잘
듣고 하라는 거 하고 하지 말라는 거 안 했구요. 어렸을 때부
터 심지 굳게 목표 세워 매진하다 보니 적성에 딱 맞는 직업

찾아 잘 먹고 잘 삽니다"라는 식의 눈부시게 FM스러운 멘트를 기대했을지 모르겠다. 하지만 나는 도덕 교과서를 찢어발기고 튀어나온 사람이 아니라서 고객님들의 기대에 부응하지 못한다.

한편으로 생각해보면 세상에 코 찔찔이 시절부터 자기 적성 딱 맞는 직업 찍어놓고 마침내 하고 싶은 일을 직업으로 갖게 된 사람이 몇이나 될까 싶다. '적성에 맞는 직업 갖기'라든지 '하고 싶은 일 직업 삼기' 같은 초등학교 급훈 스타일 슬로건은 소름 돋게 아름답긴 하지만 일면 회의와 의문이 들기도 한다. 대부분의 사람들은 자기 적성이 정확히 뭔지 모르지 않던가. 그게 무슨 혈액형처럼 날 때부터 딱 정해져서 피검사 한 번에 명확히 드러나는 것도 아니고 부평초같이 이리저리 떠다니며 삶의 풍파 좀 겪다 보면 어느 순간 아 이게 내 적성인가 싶다가도, 또 어느 날은 이 길이 아닌가 보다 싶기도 한 게 보통 사람 아닌가.

게다가 "'사'자 쓰는 전문직은 정년도 없이 평생 해먹는다"면서 적성 같은 거 시끄럽고 일단 자식들을 이 바닥으로 내몰고자 하는 이들은 더욱 멈춰 서서 의문을 가져볼 필요가 있다. 변호사도 똑같이 늙고 병드는 '사람'이 하는 일이다. 냉엄한 경쟁 또한 감내해야 하니 하고 싶다 해서 언제까지고

자영업자라 잘릴 일이 없는 것일 뿐.

주야장천 해먹을 수 있는 직업이 절대 아니다. 어떤 사람은 "변호사야 어쨌든 잘릴 일은 없는 철 밥통, 무쇠 밥그릇 아니냐"고 항변할지 모르나, 우선 보스를 두고 월급을 받는 월급쟁이 변호사는 당연히 잘릴 수 있다. 그리고 개업해 자기 사무실 차린 변호사는 근본적으로 자영업자이기 때문에 잘릴 일이 없는 것이지 단지 변호사여서 잘릴 일이 없는 게 아니다. 장사가 지독하게 안 되면 장사를 접을 뿐, 사장님이 본인을 자르지는 않듯 말이다.

학생 시절, 중견 로펌에 이른바 '실무 수습'을 나간 적이 있다(로스쿨에서는 수업의 일환으로, '외부기관 실습', '실무 수습' 같은 적당한 명칭하에 학생들을 법원·검찰청·법무법인 등지로 보내 몇 주간 교육을 받도록 한다). 멘토이자 지도관이라며 등장한 십 수년 차 변호사는 늘 숙취와 피로에 절어 있었고 다 구겨진 셔츠 깃에는 어젯밤 안주였음이 분명한 찌개 자국이 선명했다. 실무 수습생이니 인턴이니 뭐니 해봤자 어차피 꿔다 놓은 보릿자루에 지나지 않았던 나는 멘토에게 특별히 하고픈 말도, 궁금한 것도 없었지만 의례적으로 지금까지 변호사 일을 해본 소감이 어떤지, 왜 이 바닥을 택했는지 따윌 물어보았다. 다소 무개념인 내 우문에 우리 멘토는 까치집 같은 머리를 박박 긁더니 피식 웃으며 현답을 내놓았다.

"그러게요, 왜 그랬을까요."

변호사 배지의 쓸모

저울 모양 냉장고 자석?

이제 막 변호사가 되어 업무를 시작하려는 사람은 변호사법에 따라 대한변호사협회에 자격 등록을 하고 자신의 주된 업무지 관할 지방변호사회에 입회 신청을 해 승인을 얻은 뒤 개업 신고까지 해야 한다. 나 역시 꽤나 앳되고 미간이 평평하던 시절 거센 번거로움을 물리치고 등록·입회 및 개업 신고를 했더니 얼마 후 등록증서와 신분증, 기타 몇 가지 서류와 더불어 한가운데 저울(정의의 여신 디케가 손에 들고 있는 그거) 문양이 새겨진 변호사 배지가 배달됐다.

누렇기는 하지만 누가 봐도 금붙이는 아닌 게 확실한 그 반짝이를 보면서, 나는 수백만 원에 달하는 등록비와 수십만

원에 달하는 입회비가 아깝다는 생각이 들었다. 내가 낸 돈 중 일부는 저 반짝이를 만드는 데 사용된 게 분명했다.

　다음으로 도대체 이걸 누가 달고 다닐까 하는 의문이 소 떼처럼 밀려왔다. 민의의 상징인 의원님 금배지조차 그들이 빈축을 살 때마다 무능·권위·허세의 대명사가 되어 얼큰하게 욕을 먹는 마당에, 변호사가 뭐 하려고 굳이 배지까지 제작해 달고 다니는지 이해하기 어려웠다.

　저 배지는 아주 오래전 이 바닥이 호황이던 시절, 그러니까 어디 가서 변호사라고 하면 대부분의 사람들이 배꼽에 손을 얹는 시늉이라도 하며 "아이고, 선생님" 해주던 시절에 대한 그리움이 쌓인 망령처럼 보였다. 좋게 말하면 자부심 혹은 자긍심이고, 까놓고 얘기하면 아직 버리지 못한 미련이었다. 그럴싸한 양복에 배지 하나 달고 어디든지 가서 "에헴" 하던 시절의 허세 외에 달리 볼 여지가 없다고 생각했다.

···

　틈날 때마다 저울 반짝이를 조롱하고 다녔더니 어떤 분이 사뭇 진지한 얼굴로 남한테 으스대려고 배지를 단다는 건 심한 비약이고, 배지는 직업적 자긍심의 표현인 동시에 신분증을 대신할 목적으로 다는 것이라며 핀잔을 주었다. 그런데 이 말은 극히 일부만 맞고 대부분은 틀렸다.

저울 배지가 신분증을 대신하는 경우는 지금까지의 경험상 법원에 출입할 때 하나뿐이었다. 전국 법원에서는 청사 방호 등의 목적으로 출입자의 신체와 소지품을 검색하는데, 변호사에게는 검색 절차를 일부 생략하거나 간소화한다. 이때 군이 변호사 신분증을 꺼내 보여주지 않더라도 배지를 달고 있으면 신분 확인이 된 것으로 쳐준다. 따라서 업무차 법원에 들어갈 때만큼은 배지가 신분증 대신 신분을 확인해주는 기능을 하기도 한다. 그 덕에 법원 출입구 통과 시간이 찰나만큼 단축된다는 이점도 있다.

하지만 법원이라 하더라도 항상 배지가 신분증을 대신할수 있는 것은 아니다. 공개가 원칙인 법정에는 변호사를 포함해 워낙 많은 사람들이 출입하다 보니 예외적인 경우가 아닌한 일일이 신분증을 확인하고 출입증을 교부할 수가 없다. 그래서 배지만 보여줘도 짐짓 일하러 온 변호사이겠거니 하고 믿어주는 것뿐, 공개되지 않는 조정('재판 외에 당사자들이 판사 등과 만나 화해를 도모하는 자리' 정도로 이해하면 쉽다) 등의 업무를 위해 판사실이라도 방문해야 할 때는 원칙대로 외부인은 누구나 신분증을 맡기고 출입증(방문증)을 받아야 한다.

그럼 변호사가 신분증이나 잘 챙겨 갖고 다니면 될 일이지, 군이 신분증을 대신하는 반짝이를 가슴팍에 달고 다니며 자기 신분을 밝혀야 하는 이유는 무엇일까?

일부 기업이나 기관에서는 직원 간 유대감 조성, 소속감 고취, 대외적 이미지 형성 등의 이유로 회사 로고가 박힌 배지를 달고 다니게 하더라만, 변호사는 근본적으로 각자가 개별 사업자일 뿐이다(거칠게 표현하면 변호사는 모두 생계형 '독고다이'다). 배지를 단다고 난데없이 유대감이나 소속감 같은 게 생겨날 리 없다.

누구라도 자기 직업에 무한한 자긍심이 있어 군이 그걸 외부에 표현하고 싶다면 그 정도 자유는 무려 헌법이 보장하고 있으니 시비 걸 일까지는 아닐지도 모른다. 하지만 배배 꼬인 배알로 들여다보면 사실 자긍심의 표출이라며 달고 다니는 배지는 모래알 같은 구성원들을 결집시켜 단체의 권위를 세워보려는 의지의 표출인 경우가 많다. 대부분의 변호사들이 평소 배지를 달고 다니지는 않는다는 사실, 더 나아가 그 배지가 도대체 어디 처박혀 있는지도 모른다는 사실은 나만 이런 생각을 하는 게 아님을 방증하는 것이거나 아니면 모두가 지독한 귀차니즘에 빠져 있기 때문일 것이다.

그렇게 처음 받아 든(이라 쓰고 '샀던'이라 읽는다) 순간부터 온갖 의문에 휩싸이게 한 배지는 진작 실종되어 지금도 행방이 묘연하다. 일부러 어디다 버린 건 아니라 생각난 김에 찾아보았지만 제 발로 사라진 게 이제 와 새삼 돌아와 있을 리 없었다. 그렇다고 딱히 쓸 일도 없는데 배송비까지 더해 7,200원 주고 새로 살 의향은 물론 안 생기고……. 어차피 없어진 거 우연히 누가 주워서 요긴하게 쓸 만한 물건이면 좋겠다만, 내 경험상 냉장고에 메모지 붙일 때 쓰는 마그넷 정도의 쓸모(배지 뒷면이 자석으로 되어 있다) 외에는 세상 쓸데없어 안타깝다.

그러니까 굳이 뭐 이런 걸 다.

재판 노잼

TV 속 투사는 현실에 없다.

　　변호사를 찾는 사람들은 대체로 재판 속 변호사의 모습에 대해 다소간 환상을 갖고 있다. 보통 TV 드라마나 영화에서 연출된 재판 장면에 상당한 영향을 받는 듯한데, 대충 이런 식이다.

　　누가 봐도 주인공 변호사가 몹시 매우 아주 많이 불리한 사건의 재판이 벌어지고, 상대방 변호사(혹은 검사)는 이미 승리감에 도취되어 거의 누운 자세로 의자에 기댄 채 깐죽댄다. 판사는 판사대로 상대방 편에 딱 붙어서 아 글쎄 결정적인 증거를 내놓으라며 주인공을 채근하고 방청객들은 주인공의 뒤통수를 쳐다보며 술렁거린다.

도무지 탈출구가 없을 것 같은 이 숨 막히는 장면에서, 갑자기 주인공이 회심의 미소를 짓더니 "존경하는 재판장님, 이의 있습니다!"를 외치며 자리에서 벌떡 일어난다. 그러고는 법정 구석구석을 돌며 사건의 쟁점과는 아무 관계도 없지만 왜인지 방청객 모두가 엉엉 울며 수긍하는 기적의 논리를 펼친다. 태연히 거짓말을 늘어놓던 증인에게는 단지 정의의 이름으로 호통 한번 쳤을 뿐인데 곧장 진실이 쏟아져 나오고 아까부터 깐죽대던 상대방에게는 전에 없던 빈틈이 불쑥 생겨나 주인공의 유려한 언변에 무릎을 꿇고 만다.

상황이 이쯤 되면 판사는 별다른 증거가 없긴 하지만 열정적인 변론에 감탄해 어쩐지 주인공의 손을 들어준다. 선량하지만 말 못할 사연으로 세상 억울했던 의뢰인은 어느새 눈가가 촉촉이 젖어든 채, 쿨하게 돌아서서 법정을 나가는 주인공의 뒤통수에 연신 꾸벅거린다.

심지어 알고 보면 이 모든 일은 돈 없고 백 없는 흙수저이지만 신묘한 통찰력을 가진 주인공이 진작부터 계획한 것이다.

와, 세상 훈훈하다. 이 정도면 진짜 변호사 해먹을 만하겠다.

하지만 현실에서 이런 일은 없다.

판사가 막강한 지휘권을 갖는 소송에서 변호사는 '을 오브 을', '병 오브 병'이다. 변호사가 법정에서 책상을 쾅쾅 쳐

대고 누군지도 모르는 방청객을 상대로 홀연히 일장 연설을 펼치고 더 나아가 상대방과 판사까지 가르쳐가며 좌중을 압도하는 그런 장면은 결코 볼 수 없다. "이의 있습니다!" 같은 옛날 사람 멘트도 쓰지 않는다. 혹여 "존경하는 재판장님" 같은 되지도 않는 소리로 운을 떼면 재판장이 코웃음을 치며 "존경하지 않으셔도 됩니다"로 맞받아칠 것이며, 법정 여기저기를 정신 사납게 쏘다니는 미드급 퍼포먼스를 선보일라치면 곧장 "앉아서 변론하세요"로 제지당한다.

재판의 승기는 무엇보다 증거가 좌우한다. 변호사가 아무리 말발로 좌중의 눈물 콧물을 쏙 빼놓더라도 결국 증거 없이는 드라마틱한 판결이 나오기 어렵다. 증인을 비롯한 증거 신청과 조사 역시 정해진 절차에 따라 진행하기 때문에 어느 날 갑자기 예정에도 없던 증인이 법정 문을 박차고 들어와 작심한 듯 결정적 증언을 내뱉는 일은 현실에는 좀처럼 없다.

오히려 현실 속 재판은 꽤 기계적이고 매우 따분하며 의외로 아주 빨리 끝나는 경우가 많다. 변호사는 변론할 사항, 앞으로 진행할 사항 등을 적은 서면을 이미 제출한 상태로 재판에 임하고 상대방이나 판사 역시 그 서면을 먼저 읽고 재판에 임하므로 정작 재판 당일에는 피차 구두로 주절주절 길게 할 말이 없다. 쟁점이 복잡하게 얽혀 있는 경우, 사건 관계인이 많은 경우, 증인신문이 진행되는 경우 등이 아니라면 보통의 (민사)재판은 10분 내로 끝난다. 빠르면 1분도 안 되어 마칠 때도 있다. 실제로 법원의 재판 스케줄 또한 한 건당 짧으면 5분, 길어야 15분 정도가 배정되어 있다.

그러다 보니 TV 속 재판 모습을 상상하며 쫄래쫄래 재판을 따라온 고객님은 순식간에 끝나버리는 노잼 재판에 적잖이 실망하기 일쑤다. 사건 번호가 호명되고 변호사가 앞에 나가 앉길래 이제 뭔가 흥미진진한 장면이 펼쳐지나 했는데, 판사랑 상대방이랑 지들끼리 몇 마디 쑥덕쑥덕하고는 바로 다음 재판기일 잡고 "자, 그럼 돌아가세요"가 되니 그럴 만도 하다 (통상 이런 식의 재판이 수회 진행된 후 판결 선고가 이루어진다).

하지만 변호사가 법정에서 쓸데없이 언성 높여 싸워대는 투사적 면모를 보이는 것이 의뢰인 보기엔 속 시원할지 몰라도 실리에 있어서는 결코 좋을 게 없다. 사건이란 언제 어떻게 변모할지 알 수 없어 지금은 일방적으로 유리해도 나중엔 처지가 뒤바뀌어 말도 못하게 불리해질 수 있는데, 신나게 나 홀로 법정 투사를 자처하다 뒤늦게 자세를 낮춰본들 아무도 내 편을 들어주지 않는다.

드라마나 영화는 시청자의 말초신경을 쫄깃하게 자극할 필요가 있으니 극단적으로 이례적인 경우를 연출한 것일 뿐

현실 속 재판은 보통 10분 내로 끝난다.

재밌을 새가 없지.

이다. 현실의 재판이란 처음부터 재밌자고 하는 게 아니라 무조건 재미없기 마련이다. 나도 현실 재판보다 TV 속 재판이 만 배는 더 재밌다.

그러니 방청 올 때는 마음을 비우는 게 좋다. 재미는 고사하고 오히려 여러 가지 불편을 감수해야 하니까. 오늘 아침 헤어스타일이 어지간히 폭망했더라도 방청 시에는 모자를 쓸 수 없고, 주전부리는커녕 껌 한 쪽 질겅거릴 수 없으며, 팔짱 끼고 다리 꼰 채 한껏 편한 관전모드를 취해서도 안 된다.

물론, 방청 후 변호사를 붙잡고 '아니, 오늘 배우들 연기가 왜 그 모양이냐'며 불평을 늘어놓는 것도 세상 부질없는 일이다. 대신 남들 일하는 장소에 견학 왔다 치고 발상을 전환해보면, 노잼일지언정 의외로 일찍 끝나 어쩐지 시간 벌었다는 느낌은 받을지 모른다.

로펌, 한 지붕 수십 가족

우리는 알고 보면 우리가 아닌걸.

사건 상담을 하러 온 고객님들 대부분이 슬그머니 묻는 질문이 있다.

"근데 여기는 변호사가 몇 명이나 있어요?"

모르는 사람이 들으면 아니 그게 뭐 궁금할까 싶겠지만 사실 우리 의뢰인들이 저런 질문을 하는 이유는 아주 단순하다. 변호사 수와 해당 법무법인(로펌) 또는 법률사무소의 능력이 정비례할 것이라는 막연한 기대, 그러니까 '변호사 수=로펌의 능력'이라는 등식이 머릿속에 성립해 있기 때문이다.

이름만 대면 누구나 아는 이른바 '유명 로펌'치고 소속된 변호사 수가 손에 꼽을 정도로 소수인 경우는 없으니 그런 기대를 갖는 것도 대충 이해는 된다. 그런데 결론적으로 말해 소속 변호사 머릿수와 로펌의 능력 사이에는 별 상관관계가 없다.

변호사는 근본적으로 모두가 '1인 기업'과 같다. 1인 기업에 최적화된 기질을 가진 사람들이 죄다 변호사가 되기 때문인지 아니면 변호사라는 직업의 유별난 특질이 사람을 그렇게 만들기 때문인지는 알 수 없다. 아무튼 각자의 능력과 역량에 따라 자기가 맡은 일을 성사시키고 자기의 네임 밸류를 창출하고 자기의 매출을 끌어올리고자 아등바등할 뿐이다. 단순히 소속된 변호사 수가 많다고 해서 자동으로 능력 있는 로펌이 되고, 돈 쓸어 담는 로펌이 되고, 누구나 아는 유명 로펌이 되는 건 결코 아니다.

이 바닥 로펌 중 상당수는 이른바 '별산제'라는 운영 방식을 택하고 있다. 이게 뭐냐면 여러 명의 변호사가 구성원이 되어 로펌을 굴리지만 채산採算은 각자 별개로 하는 체제를 말한다. 이 점에서 우리가 일반적으로 떠올리는 회사의 운영과 로펌의 운영은 좀 다르다.

이 나라 생계형 직딩들의 태산 같은 노애怒哀와 쥐방울만한 희락喜樂이 공존하는 일터로서의 '회사'는 대체로 상법상의 '주식회사'를 의미한다. 이들 회사의 경우 (원칙적으로) 주주가 각자 주식 보유량만큼의 지배권을 갖고 회사의 주인이 된다. '사장'이니 '이사'니 하는 소위 '임원'이라는 존재 역시 주주의 의사에 따라 선임할 수 있어서 회사의 임직원은 '주주의 이익 극대화'라는 공통된 목표를 갖고 회사를 운영한다(현실에서는 '회사의 이익 극대화'라고 표현할지 모르지만 결과에 있어 '주주의 이익 극대화'와 다르지 않다). 그에 따른 수익은 일단 회사에 귀속되어 이런저런 비용을 제한 다음 잉여가 있을 경우 주주에게 배당금 등 형태로 분배된다.

하지만 별산제 로펌은 구성원 변호사 혹은 파트너 변호사로 불리는 사람들이 출자금을 부담해 법인을 설립하기는 하되 이런저런 비용(이를테면 사무실 임차료, 사무기기 사용료, 세금, 사무직원 등의 인건비)만 분담할 뿐, 사건 수임이나 업무 처리는 각자 따로 하고 그에 따른 수익 역시 철저히 각자 차지한다. 다시 말해 개인 법률사무소들을 한 군데 모아놓은 형국에 지나지 않고 좀 더 쉽게 비유하면 큰 쇼핑몰에 입점해 있는 각 매장 업주들의 관계와도 같다. 그 결과 여기서는 '로펌의 이익 극대화'라는 공통된 목표가 있을 수 없고 오직 구성원 '개인의 이익 극대화'라는 개별 목표들만 있을 뿐이다.

이런 식의 로펌 시스템에서는 특히 비용 분담이 아주 예민한 이슈다. 심한 경우 사무실 복사기에 들어가는 토너와 종잇값 분담을 놓고도 변호사끼리 크게 다퉈 법인이 깨지는 다소 어이없는 일까지 생긴다. 벌어들이는 수입도 변호사 각자의 능력에 따라 편차가 아주 크다. 어떤 이는 늘 돈 쌓을 곳을 못 찾아 억 소리를 내고 어떤 이는 늘 자기가 쓰는 방값 내는 것조차 힘겨워 악 소리를 낸다.

로펌에 따라서는 별산제와 공산제(별산제에 대응해 비용은 물론 구성원들이 각자 능력껏 벌어들인 수익까지 함께 나누어 갖는 체제 정도로 이해하면 쉽다)를 혼용하는 곳도 있으나 영업력 충만한 구성원 입장에서 아무 유인도 없이 어쩌면 희생만 요구하는 공산제가 별산제와 조화롭게 운영되는 경우는 아직 본 적이 없다. 사람이란 무릇 원초적인 물욕이 있어야 정상인 법이다. 혼자 새빠지게 번 돈을 방구석에 누워 기타나 치던 베짱이와 이유 없이 나눠야 한다는데 그걸 수용할 대인배가 세상에 얼마나 되겠는가.

겉으로 보기엔 수십, 수백 명의 변호사가 ○○로펌이라는 한 지붕 밑에서 '우리'라는 하나의 조직을 이루고 있는 것 같지만 속을 들여다보면 이 지붕 밑에 '우리' 같은 건 없다.

···

이곳에서는 목표도, 계산도, 헛짓도 전부 별개다. 바로 옆 방을 쓰더라도 서로 무슨 업무를 하는지 알지 못하고 사실 별반 관심을 갖지도 않는다. 단지 각자의 업무상 필요가 있을 때, 그러니까 사건 수임이나 원활한 업무 처리를 위해 법인의 껍데기를 두른 다수 변호사의 위세를 보일 필요가 있는 경우혹은 서로의 지식, 경험, 커리어 따위가 유용한 쓸모를 가질 경우 등에만 급작스레 서로에게 관심이 생겨날 뿐이다.

이런 까닭에 이곳에서는 모두가 기본적으로 옆방 아저씨, 아줌마에 불과할 뿐 공통된 가치를 지향하는 동료 관계가 거의 성립하지 않는다. 이 동네 로펌의 실체를 간파한 어떤 이는 "○○로펌 거기 뭐 사무실 방 장사나 하는 곳이더라"는 식으로 조롱하기도 한다.

그러니 다수의 변호사를 보유한 로펌에 사건을 맡길 경우, 그 많은 변호사가 다 같이 합심해서 내 사건 하나를 들여다봐줄 것 같고, 왠지 변호사 숫자만큼의 아이디어와 능력치가 뽑아져 나올 것 같다고 생각하면 큰 오산이다. 옷 한 벌 사러 쇼핑몰에 가봤자 내가 찾은 매장 직원만 관심을 가져주지그 앞, 뒤, 옆 매장 직원까지 합심해 내 쇼핑을 도와주지는 않지 않는가. 대부분의 사건은 그 사건 담당 변호사로 지정된 변호사 외에는 아무도 내용을 모르고 실제로 별 관심도 없다. 게다가 담당 변호사가 열댓 명씩 지정되어 있더라도, 심한 경우 해당 로펌의 변호사 전부가 담당 변호사로 지정되어 있더라도 정작 사건의 내막을 꼼꼼히 숙지하고 재판을 비롯해 각종 실무를 담당하는 사람은 한 명, 많아야 두세 명이다.

이따금씩 소송 목적물의 가액이 매우 크고 다방면의 쟁점이 복잡하게 결부되어 있는 사건, 이른바 '구찌'(くち, 원래는 '입'을 뜻하는 일본어지만 이 바닥에서는 '규모' 따위를 가리키는 일종의 속어처럼 쓰인다)가 큰 사건인 경우 이 팀 저 팀, 이 방 저 방 변호사들 간의 이합집산 팀워크가 이뤄지기도 한다. 하지만 이건 마치 쇼핑몰 모든 매장의 재고를 한 방에 쓸어 갈 VVIP 손님이 와서 "적당히 입을 만한 옷 좀 골라주지?" 했을 때 전 직원이 일시적으로 총동원되는 꼴과 같다. VVIP 손님이 돌아가고 나면 언제 모였었냐는 듯이 순식간에 흩어져 다시금 각자의 매출에 골몰하는 것처럼, 이곳에서도 지속적인 협업이나 거시적인 차원의 공동 목표 설정 같은 건 거의 이뤄지지 않는다. 동상이몽인 사람들이 떼로 모여 있다 해서 없던 능력이 생겨나고 있던 능력에 시너지가 생길 리 없는 것이다.

한 지붕 밑에 있지만 죄다 남의 식구들이라, 알고 보면 우리는 우리가 아니라 그렇다.

복이는 언제나 스마일

저는 아무것도 몰라요,
그냥 앉아만 있다 오랬단 말이에요.

벌써 6~7년도 더 된 어느 겨울날이었다. 점심으로 육개장 곱빼기를 와구와구 퍼먹고 얼큰한 기분으로 사무실에 복귀하다 어쩐지 로또를 한 장 사버렸다. 사실 나는 복권 같은 '우연한 재수'에 있어서는 매우 재수가 없는 편이다. 남들은 로또를 사면 그래도 5,000원짜리 정도는 제법 쉽게 당첨되고 이따금씩 식당이나 마트 등에서 명함 뽑기 이벤트에 당첨되어 식사권이니 선물 세트니 하는 것도 받아 오더라만, 나는 무조건 꽝이었다.

때는 바야흐로 여덟 살 무렵, 우리 동네에서는 옥수숫가루로 만든 노랗고 길고 짭조름한 과자가 유행이었다. TV 광고에서는 선글라스 낀 치타가 나와 이 과자 한번 먹어보겠다고 죽도록 달리다 늘 실패하고는 통한의 눈물을 뿌리며 언젠간 먹고 말겠다 다짐한다. 하지만 사실 인기의 비결은 과자 자체가 그렇게 죽을 둥 살 둥 맛있어서라기보다 그 안에 들어 있던 치타 딱지 때문이었다. 그러니까 그 치타 딱지 뒷면을 긁으면 마치 복권처럼 '한 봉지 더' 혹은 '꽝 다음 기회에'가 새겨져 있었고 쥐뿔 없어도 양손에 든 주전부리 개수가 곧 권력이자 계급이었던 그 나이 대 꼬맹이들에게, 치타 딱지란 일종의 신분 상승권 같은 것이었다.

동네 놀이터라는 작지만 엄연한 계급사회에서 내 신분은 평민과 노복의 중간쯤 되는 애매한 것이었는데, 그 시절 나는 봉건적 신분제의 하층에서 신음하면서도 혁명을 일으켜 더러운 세상을 갈아엎을 엄두까지는 내지 못했다. 대신 딱지 신분 상승을 노리며 치타 과자 한 봉지를 샀고, 여기에 그만 평생의 뽑기 재수를 모두 써버리고 말았다. 무려 다섯 번 연속으로 '한 봉지 더'를 뽑아낸 것이다. 슈퍼 주인아주머니는 내가 저 멀리서 쪼르르 달려오는 모습만 봐도 턱짓으로 과자 박스 쪽을 가리켰고, 모친은 치타 과자 여섯 봉지를 주렁주렁 달고 다닐 금전적 여유가 있을 리 만무한 당신 자식이 혹시나 못된 손 기술이라도 쓴 건 아닌지 의혹의 눈초리를 보냈다.

그리고 이날 이후 나는 그 어떤 뽑기에도 당첨되지 못했다. 그런데 육개장에 취해 재미로 산 로또가 덜컥 5,000원에 당첨된 거다. 나는 철없던 시절 아무렇게나 떠나보낸 뽑기 운이 드디어 돌아왔다고 믿어 의심치 않았다. 월요일에 출근하자마자 잔뜩 신이 난 채 로또 당첨을 자랑하는 내게 우리 팀 스태프는 "아이고 축하드립니다. 복대리 하나 하셔야겠네요"라며 사건 기록을 내밀었다. 아…… 어쩐지 운수가 좋더라니. 순식간에 풀이 죽은 나는 과연 그가 무엇을 축하한 것인지 물어보려다가 부질없단 생각에 그만두었다.

재판을 다니다 보면 종종 '복대리인'이라 불리는 변호사가 등장한다. 이들은 대리인이 선임한 대리인, 그러니까 의뢰인으로부터 사건을 수임한 변호사가 그 업무 중 일부를 다시 위임한 변호사로 전자를 본대리인本代理人, 후자를 복대리인復代理人이라고 부른다.

이 바닥 돌아가는 사정을 잘 모르는 사람이야 '변호사 놈한테 사건 맡겼더니 돈만 지가 챙기고 일은 멋대로 딴 놈한테 토스한다'며 노발대발할 성도 싶다. 하지만 본대리인은 의뢰인의 승낙이 있거나 기타 부득이한 경우 '복임권'復任權을 갖고 선임·감독에 관한 책임 부담하에 복대리인을 쓸 수 있으며(통상 본대리인은 소송 위임계약을 할 때 아예 복대리인 선임에 관한 승낙을 받아둔다), 실제로 복대리인 선임은 주변에서 흔히 이뤄진다.

복대리인이 쓰이는 이유는 오만 가지가 있다. 가장 흔한 건 본대리인이 다른 일정과 겹치는 등의 문제로 해당 재판에 직접 출석하기가 불가능할 때 혹은 본대리인 소재지와 너무 먼 동네 법원에서 재판이 진행되어 직접 출석하기엔 시간 지출이 너무 클 때다. 물론 복대리도 공짜는 아니라서 본대리인과 복대리인이 적절히 협의한 복대리 비용이 지불된다. 거칠게 표현하자면 복대리는 일종의 이 바닥 알바인 셈이다. 본대리인 입장에서는 급할 때 단발성으로 비교적 저렴하게 불러다 쓸 수 있고 복대리인 입장에서도 한가할 때 단발성으로 간단한 일 해주며 용돈 정도 버는 것이다.

여기까지만 보면 복대리란 상호 간의 니즈가 맞아 한쪽은 번거로움을 덜고 다른 한쪽은 용돈을 벌고 자연스럽게 누이 좋고 매부 좋은 일을 하는 것 같다. 하지만 늘 그렇듯 현실이란 일면 순탄해 보이는 이면에 남들이 잘 모르는 비화가 숨어 있는 법이다.

통상 복대리인은 본대리인의 갑작스러운 필요에 따라 쓰이므로 예정된 재판일 하루 전 혹은 당일 아침 급히 선임되는 경우도 많다. 이런 경우 '대리인'이라고는 하지만 대리할 사건에 관해 거의 아무것도 알지 못한다. 자신 있게 숙지한 것은 사건 번호와 당사자 이름 정도랄까. 해당 사건 기록을 일일이 검토할 시간 자체가 없기도 하고 알바도 엄연히 '뺑이'와 '페이' 간의 등가 관계를 요구하는 비즈니스인데 얼마 되지도 않는 복대리 비용을 받고 해당 사건 기록을 본대리인처럼 꼼꼼히 살펴볼 만큼 한가한 복대리인은 없다.

그래서 대부분의 경우 복대리인의 업무란 본대리인 대신 (1회성으로) 법정에 출석하고 그날 있었던 일을 메모해주는 것까지다. 어차피 복대리인은 해당 사건에 관해 잘 모르기 때문에 적극적으로 이러쿵저러쿵 변론을 하기도 어렵고 법정에서 한번 내뱉은 말을 나중에 다시 주워 담기란 더욱 어려우므로 반쯤은 관찰자의 입장에서 그날 판사가 한 말, 상대방이 한 말을 듣고 적당히 적어 본대리인에게 전달하면 그의 당일치기 알바는 끝이 난다. 복대리인이 알바 뛰러 가기 전까지의 변론 준비나 복대리인이 알바를 마친 후의 변론 준비는 당연히 모두 본대리인의 몫이다.

이처럼 뺑이와 페이의 칼 같은 등가 관계로 인해 본대리인과 복대리인 사이에는 상호 지켜야 할 암묵적 룰도 존재한다. 단발성으로 법정 출석만 대신할 뿐인 경우 복대리인이 본대리인에게 받는 미션은 대부분 그저 속행 또는 종결만 구해오라는 것이다. 좀 더 쉽게 말하면 그냥 법원에 가서 아무 말 말고 앉아만 있다가 판사가 뭐라 말 시키면 "다음에 말할게요" 하든지 아니면 "그냥 판결해주세요"만 하면 된다는 것이다. 이보다 더 복잡한 미션이 주어지는 경우는 알바비가 급상승하고 본대리인과 복대리인 사이의 감독 관계가 역전될 수도 있어 흔하지는 않다.

그런데 소송이란 그 자체로 도무지 예측 불가인 데다가 아직까지 대부분의 소송 진행은 사람과 사람이 만나서 하다 보니 재판기일마다 법정 분위기가 한결같을 수 없다. 어떤 때는 판사와 당사자 혹은 그 대리인이 농도 쳐가며 좋게 좋게 얘기하지만, 또 어떤 때는 판사는 판사대로 핀잔에 면박이고 대리인은 대리인대로 따박따박 따져 대드는 통에 알 만한 양반들끼리 체면 불고하고 언성 높여 다투기도 한다. 그리고 바로 이런 때 복대리인은 아주 자연스럽게 본대리인의 총알받이가 된다. 본대리인과 복대리인 사이의 암묵적 룰을 깨고 본대리인이 은근슬쩍 자기가 먹을 욕을 영문도 모르는 복대리인에게 전가하는 것이다.

...

어린 시절 치타 과자에 빨렸던 뽑기 운이 되살아나나 싶어 흥분했던 그날의 나는 보스와 절친도 들친도 아닌 애매한 사이의 모 변호사에게 갑작스러운 복대리 의뢰를 받았다. 내가 봤을 때 이분은 성실함과는 다소 매우 많이 거리가 먼 사람이었다. 이미 30년 가까이 이 바닥 생활을 계속해서 이제는 흥미도 의욕도 모두 하얗게 태워버렸는지, 별다른 이유 없이 전날 과음의 여파로 재판 출석이 어렵다며 복대리를 찾았다. 전날 과음을 한 건 확실한데 그 여파 때문에 출석이 어려운 건지 아니면 해장술이나 한잔하다 문득 귀찮아졌기 때문에 출석이 어려운 건지 진실은 알 길이 없었다.

짬밥으로 치면 이 동네 고참 중에서도 상고참이라 주변에 '아는 변호사' 정도는 쌔고 쌨을 텐데, 모 변호사는 아는 변호사 중에서도 가장 전투력이 미약한 신참 중의 신참을 꼬집어 복대리를 의뢰했고 그 불운한 신참은 영락없이 나였다. 게다가 그 나름의 계산이었는지는 몰라도 내게 직접 부탁하는 경우는 결코 없고 항상 보스에게 연락해 "밑에서 일하는 친구 오늘 바쁜가? 걔 좀 보내서 복이 한 번만 시켜주라"라고 함으로써 내 입장에서는 복대리 '의뢰'가 아니라 복대리 '지시'가 내려오게 만들었다. 심지어는 지인 찬스를 활용한 공짜 복대리를 "복이"라며 멋대로 귀엽게 불러버리는 탓에 늘 주먹이 부들부들 떨렸다. 나는 보스 등에 올라탄 채 농간을 부려대는 모 변호사가 어찌나 얄미웠던지, 시누이가 있다면 과연 이런 느낌이겠구나 싶었다.

물론 모 변호사의 복대리 의뢰 역시 형식적으로는 다른 복대리 의뢰처럼 '할 거 아ㅡ무것도 없으니 그냥 법정 가서 잠깐 앉았다 오면 된다'는 식이었으나 할 게 없긴 개뿔, 실제로 재판에 가보면 늘 1분도 지나지 않아 거짓말임이 밝혀졌다. 지난 변론기일에 판사가 이거 해라 저거 해라 숙제를 잔뜩 내주었음에도 가볍게 무시하고 전혀 하지 않았다든지, 여태 주장 취지도 정리가 안 돼 이번 재판에서 입장을 정하기로 약속했다는 등 매우 중대한 사정이 있음에도 나한테는 일단 덮어놓고 아무것도 할 게 없다며 속 보이는 '뻥카'를 날리는 식이었다.

나는 결국 로또 5,000원 당첨 같은 먼지보다 하잘것없는 자랑질의 대가로, 출근하기가 무섭게 주섬주섬 가방을 싸들고 법원으로 향했다. 그 길이 어찌나 싫었는지, 점심시간엔 반드시 녹색 이슬병 붙들고 나발을 불겠다 다짐하면서.

변호사들끼리는 물론이고 판사 역시 복대리인의 '일반적인' 역할을 모르지는 않기 때문에 재판에 복이가 등장해 멍한 표정을 짓고 앉았노라면 별다른 말을 붙이지 않는 게 보통이다. 마찬가지로 복이도 판사가 말을 시키든 상대방이 말을 시키든 옅은 스마일을 유지하며 온몸으로 '저는 아무것도 모릅니다'를 어필하는 게 보통이다.

하지만 모 변호사의 의뢰는 그날도 '보통'의 영역을 넘어서버렸다. 사건 번호가 호명되고 내가 복대리인으로 출석했다고 고하자마자 판사의 표정이 일그러진 것이다.

판사(이하 판): 복대리인이시라고요?

복대리인(이하 복): 예? 예…….

판: ……

복: ……?

판: 지난 기일에 분명 본대리인이 나와서 주장 정리하기로 했는데 복대리인은 이 사건 숙지되셨나요?

복: 에…… 그게…… 그러니까 제가 오늘 급히 복대리 선임이 되는 바람에…….

판: ……

복: ……?

이쯤 되면 슬슬 판사의 목소리가 격앙되고 짜증이 섞여 나기 시작한다.

판: 증거신청이나 입증 계획은 어떻게 되나요.

복: 그…… 저희는 변론 종결을 구하는 입장입니다만…….

판: 지금 상태로 종결 못하겠는데요.

복: 아…… 그럼…… 저…… 한 기일만 더 속행해주시면…….

판: ……

복: ……?

결국 더 이상의 대화는 무쓸모임을 깨달은 판사의 마지막 편잔과 함께, 모 변호사가 복이에게만 꽁꽁 숨겼던 소기의 목적이 달성된다.

판: 이게 벌써 몇 번째인가요. 이 사건 변론 준비가 불성실함을 지적하지 않을 수 없습니다. 다음 기일에는 반드시 본 대리인이 출석하셔야 할 겁니다.

복: 네…….

진땀, 침묵, 생떼로 꽉꽉 채운 그 10여 분의 시간 동안, 나는 자그마한 법정에 가득한 사람들의 시선을 한 몸에 받으며 마치 나라를 두어 번쯤 팔아먹은 대역 죄인이라도 된 듯한 기분이었다. 다만 그 상황에 알맞은 표정을 찾을 수 없었기 때문에 자꾸만 아래로 처지는 입꼬리를 간간이 끌어당겨 광대에 걸쳐놓고 죽어라 웃는 상을 만들 뿐이었다.

터덜터덜 법원을 나서면서 나는 격분에 휩싸였다. 알바가 천국인 요즘 세상엔 알바에도 도가 있는 법인데, 복이의 도는 이래도 되나 싶었다. 아니, 그동안 뭘 하다가 빼도 박도 못하게 싫은 소리 들을 때가 되니 슬쩍 만만한 복대리인 내세워 총알받이로 써놓고선 미안한 기색 하나 없다. 처음부터 솔직하게 까놓고 '사정이 이러저러해서 싫은 소리 듣게 생겼는데 미안하지만 수고 좀 해달라'고 했어도 물론 기분이 나빴을 테지만, 속내가 유리잔 들여다보듯 훤한데도 '할 거 없으니 잠깐 앉아 있기만 하면 된다'며 눈 가리고 아웅 하려 드니 더욱 언짢았다. 나는 모 변호사에게 전달할 메모 마지막 부분에 일부러 폰트까지 바꿔가며 굵은 글씨로 이렇게 적었다.

재판부에서 **불성실한 변론 준비**를 여러 차례 지적하고 개선 촉구. **차회 기일 본대리인 필히 출석** 요구.

영문도 모르고 끌려가서 남 대신 얻어먹은 욕값치고는 매우 싸게 쳤으나, 계속 가만히 있으면 정말로 호구 가마니가 될 것 같아 내린 나름의 결단이었다.

이런 일을 몇 번 겪고 나면 진한 현타가 찾아온다. 그때마다 나는 과연 이 바닥이 원래 이렇게 굴러가는 건지, 내가 유별나서 이 바닥에 적응 못하는 건지 무릎을 모으고 앉아 골똘히 생각해보았지만 명쾌한 답은 나오지 않았다. 어떤 사람은 '그까짓 거 누가 싫은 소리 하면 한 귀로 듣고 한 귀로 흘리면 그만이지 않느냐'고도 했으나 이건 핀잔인지 충고인지부터 헷갈리는 데다가 긍정, 낙천, 대범 등과는 매우 거리가 먼 성격 탓에 나로서는 '그냥 잊어버리고 말지' 하는 식의 복세편살(복잡한 세상 편하게 살자)은 용납되지 않았다. 오히려 그럴수록 가슴 한편에 사표 몇 장 정도 늘 품고 다니면서 언제, 어떻게 집어던져야 멋있을까 고민하는 이 나라 직장인들의 주옥같은 심정에 깊이 공감할 뿐이었다.

그날 점심은 계획대로 대차게 녹색 이슬과 함께했다. 그런다고 똥 씹은 기분이 딱히 나아질 리 없었으나 뭔가 내 맘대로 하는 게 하나쯤은 있어야 했다. 옆 테이블에서는 내 또래로 보이는 직장인 서너 명이 본부장인지 문 부장인지 하는 '개놈'의 연이은 허튼짓을 까발리며 더러워서 때려치운다는 다짐을 반복 중이었다. 나도 덩달아 잘 맞지도 않는 이 바닥 생활 때려치울까 하는 생각이 뭉게뭉게 피어올랐으나, 때마침 도착한 문자메시지에 그냥 생각을 때려치웠다.

알바에도 도가 있거늘.

고객님의 대출원리금 1,236,330원이 오늘 결제 예정입니다.
늘 저희 은행을 이용해주셔서 감사합니다.

은행님, 제가 경솔했습니다. 살려주세요.

주로 무슨 일 하세요?

떼먹은 돈이랑 이자 계산요.

봄이 되면 이따금씩 사무실에 '뉴페이스'들이 등장한다. 이제 막 변호사가 되었거나 혹은 곧 변호사가 될 예정이어서 이 바닥 생활 체험 내지 연습(실제로는 '실무 수습'이라든지 '인턴십' 같은 그럴싸한 표현을 쓴다)을 하러 오는 분들이다.

이 바닥뿐만 아니라 어느 집단이든 다 그렇겠지만 '실습생'이니 '인턴'이니 하는 애매한 처지에 놓인 루키의 삶이란 제법 고되다. 장차 정식 채용이 약속되어 있는 경우가 아닌한 당연하게도 페이는 최저임금 선에 턱을 걸어놓은 채 헐떡이는 중이고(순수한 '실습'의 경우 아예 페이가 없을 수도 있다) 급여 외의 제반 근무 여건 또한 딱히 좋다고 손꼽을 만한 것이 없다. 특별히 보직이랄 게 없다 보니 이들의 일과에 관심 갖는 기성 변호사도 별로 없다.

그래서 루키는 의미 있는 할 거리를 제공받는 날보다 의미 있는 할 거리를 만들어내는 날이 더 많다. 그야말로 맨땅에 헤딩해서 구덩이 파는 격인데, 제 머리 으깨가며 판 구덩이치고는 안에 든 게 없어서 안타깝다.

그럼에도 루키의 열정이란 대단한 것이어서 매일 아침부터 저녁까지 셀프로 과제들을 차려놓고 어지간한 기성 변호사 뺨치게 열심히 한다. 이 땅의 모든 변호사가 루키 시절의 열정을 평생 간직한다면 생전엔 생불, 사후엔 성불을 맞이할 게 틀림없을 텐데. 서초동 바닥을 기웃거리다 보면 '후안무치한 악덕 변호사 놈'에게 '이마를 땅에 찧고 각성하라' 울부짖는 현수막이 종종 눈에 띄곤 하니, 아직 그런 세상은 오지 않은 게 확실하다.

꽃샘추위가 채 물러가지 않은 애매한 봄, 뜨거운 정열의 루키가 사무실에 찾아왔건만 내가 달리 해줄 건 없었다. 어차피 나는 이들의 고용을 책임질 수 있는 사람이 아니고, 그렇다고 이 바닥의 생리를 단박에 깨우치게 할 만한 경륜도 의지도 없는 사람이었기 때문에 그저 때가 되면 끼니나 챙겨줄 뿐이었다. 밖에선 세상 눈치 안 보고 욜로 라이프를 살았더라도 낯선 조직 안에 들어오면 어쩐지 온몸에 더듬이가 돋아나 매사 더듬더듬 눈치를 보게 된다. 그 덕에 밥시간이 되어도 누가 챙기지 않으면 루키는 어느새 낙동강 물결 따라 동동 떠다니는 오리알이 되기 마련이라, 나로선 떠내려가는 오리알을 건져다 함께 끼니를 모색하는 정도가 최선이었다.

그날은 루키들이 온 지 한 달쯤 지나 간만에 점심 회식이 있는 날이었다. 보스급 어른들은 일찌감치 식당으로 출발하시고 나는 쭈뼛쭈뼛 남아 있던 루키들을 모시고 허둥지둥 사무실을 나섰다. 이동 중 피차 뻘쭘한 김에 "뭐 좋아하세요?"라고 물어볼까 잠시 고민했지만 어차피 "다 좋아합니다"로 되받아칠 게 뻔해서 부질없는 질문 따위 생략하고 그냥 깔려 있는 대로 먹기로 했다.

누군가 그랬다. 밥 같이 먹으면 그게 식구지 식구가 뭐 별거냐고. 그런데 과연 식구란 그렇게 탄생하는 모양이다. 비좁은 식당 구석에 옹기종기 모여 앉아 서로 어깨빵 하며 밥을 먹다 보니 평소엔 루키들에게 도대체 1도 관심 없던 사람들까지 모두 짐짓 관심을 보였다. 그 덕에 루키들은 밥 한술 뜨기가 무섭게 호구조사를 받았고, 오늘 뭘 할지조차 못 정했으면서 향후 10년의 포부를 꾸역꾸역 읊었으며, 셀프 과제·셀프 리뷰만 반복 중이면서도 '필드'에서 실무 수습을 받은 '벅찬' 소감을 지어내는 등 인고의 시간을 보냈다.

이윽고 이런 자리가 늘 그렇듯이 "뭐 궁금한 게 있으면 여기 있는 사람들한테 기탄없이 물어보세요"라는 뻔한 멘트가 흘러나왔다. 나는 이제 할 말들이 떨어졌으니 아무 말이나 시켜놓고 편하게 밥 좀 먹자는 선언인가 싶어 쾌재를 부르고 있었다. 하지만 열정이 과도했던 루키는 의미 없는 노가리만 펄떡대는 이 시간이 너무도 아까웠는지, 어렵게 찾은 밥상 위 평화를 손수 걷어차버렸다.

"선배님들, 제가 수습 기간 동안 실무에 도움이 될 만한 공부를 해두려고 하는데 뭘 하면 좋을까요?"

이 친구 이거…… 몹시 훌륭하다. 빈정대는 게 아니고 정말로 칭찬한다. 나는 실무 수습 때 공부는 무슨, 매일매일 9시부터 6시까지의 기나긴 시간이 어서 빨리 삭제되길 빌고 또 빌었는데…… 이제 나도 어디 가서 라떼 얘길 꺼내면 이마에 꼰대 낙인이 찍힐까 공포감이 엄습했다.

루키의 모범적인 자세는 그 자리에 있던 기성 변호사들의 심금을 울리기에 충분했다. 모두가 숟가락을 내려놓고 잠시 고민들을 하더니 나름대로 진지한 조언을 한마디씩 하기 시작했다. 변호사를 잘하려면 해박한 법리적 지식이 필수이니 교과서부터 실무제요까지 숙독·통달하라든지, 소송의 향

배는 판례가 좌우하니 최신 중요 판례들을 항상 업데이트하고 다니라든지, 아니면 뭐 세상만사에 촉을 세우고 있다가 남과 다른 시각으로 남이 하지 않을 법한 생각을 해야 유능한 변호사가 된다든지 등등. 나는 이 사람들이 이런 금과옥조들을 그동안 어디 감춰뒀다 이제야 꺼내왔는지 혀를 내둘렀다.

이런 식의 내리사랑 조언 돌리기는 마치 건배사처럼 이어져 언젠가는 내 순서가 돌아오기 마련이다. 하지만 이미 주옥같은 말씀들이 너무 많이 나온 터라 더 이상 그럴싸하게 포장해서 들려줄 얘기가 없었다. 나는 밥그릇에서 눈을 떼지 않은 채 나 하나쯤 패스해주기를 빌었으나, 늘 그렇듯이 내 바람은 이뤄지지 않았다. 나한테는 '나 하나쯤이야'가 이렇게 어려운데 남들은 이 어려운 걸 그렇게 쉽게들 해낸다. 비결이 뭘까.

마음이 쪼들렸다. 이 나라의 건배사나 덕담 릴레이 같은 건 참으로 난해하고 애매하다. 웃음기 쏙 빼고 진지 충만하게 하면 '거국적인 자리에 술맛, 밥맛 떨어지게 뭐 그리 심각하냐'며 타박이고, 근엄 따위 내다 버린 채 드립으로 일관하면 '거국적인 자리에 술맛, 밥맛 떨어지게 뭐 그리 경박하냐'며 타박한다. 그럼 절충해서 드립과 근엄을 반씩 섞는 게 답일까? 턱도 없다. 냉국도 싫다, 탕국도 싫다 하는 사람에게 미지근한 국 가져다주면 원래 냉국인 걸 죄다 덥혀 왔다거나 원래 탕국인 걸 죄다 식혀 왔다고 타박할 테지. 뭐 어쩌란 말인가. 이왕 거국적인 자리 마련해서 식구가 식구에게 내리사랑을 실천하겠다면 서열순 명언 릴레이 같은 구태의연한 건 집어치우고, 거국적으로 왕 게임이나 해 모두가 평등하게 왕이 되어보는 혁명적인 시간을 갖는 게 낫지 않은가.

어차피 입 밖에 꺼내지도 못할 속내를 질겅질겅 곱씹으며 생각에 잠겨 있자니, 서서히 수십 개의 눈동자가 모여드는 것이 느껴졌다. 그것 참…… 세간의 이목이란 꼭 내가 원하지 않을 때만 내게로 모인다. 더 이상 물러날 곳이 없었던 나는 소신껏 포장지 빼고 충전재 빼고 껍질 벗겨서 알맹이만 내놓기로 했다.

"글쎄요, 계좌 내역 빨리 보고 돈 계산 잘하셔야 하는데…… 엑셀 같은 거 잘 익혀두면 일할 때 편하실 듯?"

순간 밥상 위에는 정적이 흘렀다. 당시 내 자리는 10여 명 정도가 앉을 수 있도록 길게 연결된 식탁의 한쪽 구석쯤이었는데, 참석자 모두의 시선이 정확히 직각삼각형을 이뤘고 그 꼭짓점에는 안타깝게도 내가 있었다. 따로 물어보진 않았지만 그 시선에 담긴 의미가 칭찬이 아닌 것은 확실했다.

만약 이 바닥 사람치고 저딴 것쯤 진작 마스터하지 않은 사람이 없다면 그럼 미안, 내가 노파심에 잡소리한 거 인정하겠다. 하지만 그동안 봐온 바로는 딱히 '저딴 것쯤' 자신 있게 활용하는 사람이 별로 없는걸. 나는 '리얼로' 도움이 되라고 한 얘기가 '라떼는 말이야'급 잡소리로 취급되니 꽤 억울했다.

...

대부분의 사람들이 모르고 있는 사실인데, 변호사가 하루 종일 책상머리에 앉아서 하는 일 중 적지 않은 부분이 돈 계산이다. 정확히 말하면 남이 떼어먹었거나 혹은 떼어먹힌 돈 그리고 그 이자 계산이다. 이 동네에는 하루에도 수없이 많은 소장과 준비서면, 의견서 따위가 날아다니지만 그중 남의 돈 계산을 전혀 안 해도 되는 경우는 극히 드물다. 민사는 물론이고 가사, 형사, 행정 등 대부분의 사건에서 남의 돈 계산은 빠짐없이 등장하는 중요 이슈다.

그까짓 돈 계산쯤 계산기도 있고 컴퓨터가 다 알아서 해주는데 일도 아니지 않냐고? 응, 아니다. 먹고 죽어도 아쉬울 생돈 써가며 변호사를 산 고객님은 어제오늘 먹고 마신 회식비 N빵 같은 호락호락한 일을 맡기자고 오신 게 아니다. 소멸시효 10년을 꽉꽉 채워 종갓집 된장만큼 오래 묵은 대여금을 받아달라면서 A4 박스 서너 개로도 모자랄 계좌 거래 내역서 뭉치를 던져주고는 자기는 아무리 계산을 해봐도 도대체 얼마를 받았는지, 얼마가 모자라는지 모르겠단다.

까마득한 10년 전 추억을 한 장 한 장 되새겨가며 이 계좌, 저 계좌로 주고받은 돈을 뽑아내는 것도 중노동이지만 더 큰일은 따로 있다. 10년쯤 서로 믿고 돈놀이했다는 사이치고 주고받은 돈 관계가 쾌남 가르마 타듯 깔끔한 경우는 여태까지 단 한 번도 못 봤다. 늘 얼마쯤 미수를 깔아놓고 새로 돈을 빌렸다가 또 일부 갚고 다시 빌리고 하는 식이다.

그런데 빌린 돈에는 이자가 붙기 마련이고 이미 생겨난 이자를 제때 안 주면 이자에 또 이자가 붙으며 갚은 돈은 원칙적으로 이자, 원금순으로 변제에 충당된다. 지난달 2부 이자로 1000만 원을 빌렸는데 두 달 뒤 애매하게 한 620만 원 정도 갚고 나머지는 다음에 주마 하더니 일주일쯤 지나 급하다며 200만 원쯤 더 꿔가고 그러다 또 한 달 뒤에 지난번 꿔간 돈이라며 340만 원쯤 내민다. 이런 식의 거래가 10년간 반복되면 빌려준 사람이나 빌려간 사람이나 대체 원금이 얼마고 이자가 얼마인지 아무도 계산을 못하는 어이없는 지경에 이른다. 게다가 중간에 이자가 세네 마네 하며 이자율 조정이라도 두어 번 있게 되면, 두 사람이 목욕재계하고 마주 앉아 처음부터 하나하나 따져보자 철석같이 다짐해도 10년 중 1년 치를 못 가 깔끔히 집어던지고 만다.

이들이 집어던진 일은 변호사가 주섬주섬 주워다가 처음부터 다시 꿰어 맞춘다. 인터넷 세상을 헤집다 보면 익명의 온라인 성자^{聖者}가 전파해놓은 원리금 계산기쯤 어렵지 않게 구할 수 있지만, 이 바닥 사건이란 게 저마다 '특수한 사정' 하나 안 가진 경우가 없다 보니 공짜로 얻은 계산기에 숫자만 따박따박 입력한다고 해결되는 재수는 안 생긴다.

대충 퉁 쳐 계산했다가 틀려서 고객님 소중한 재산에 한 푼이라도 아쉬움이 있게 되면 욕 따로 망신 따로 배불리 얻어먹으니 몇 번씩 검산도 한다. 게다가 이건 남이 도와줘봐야 별 소용이 없다. 도대체 왜, 어떻게, 이런 계산이 나왔는지 판사와 상대방을 상대로 설명하고 설득하는 건 오직 담당 변호사가 할 일인데, 누군가 대신 계산해준 결과만 들고 짐짓 다 아는 척 발로 연기하다 들통나면 욕과 망신이 '따블'에 할증까지 붙어 따라온다.

무슨 소린지 이해가 덜 된 루키는 다소 실망스러운 표정으로 "아…… 주로 무슨 일 하세요?"라고 물었고 나는 "우리

그럼, 돈 계산이 얼마나 중요한데.

고객님이 그동안 얼마나 떼먹히셨는지 계산해주는 일이 잦아서요"라고 답해주었다.

선배의 그럴듯한 조언과 후배의 쫑긋한 경청 같은 아름다운 장면 연출을 꾀했던 그날의 릴레이는 결국 내가 그릇째 말아먹었다. 누군가 눈치껏 "아, 거 요즘 금융 전문으로 일하는구먼! 헛헛헛" 하며 분위기 반전을 시도하기도 했으나 당연히 실패했다. 내 생각엔 이걸 가지고 어디 가서 금융 전문이네 어쩌네 하며 광고하면 머지않아 '후안무치한 악덕 변호사 놈'으로 몰려 이마를 땅에 찧을 일이 생길 것 같았다.

적어도 내 경험상 남의 돈 계산은 변호사가 수시로 하는 꽤나 중요한 일이고 장차 이 바닥 일 하다 보면 종일 남의 계좌나 들여다보는 날이 분명 많을 텐데, 그거 빠르게, 정확히, 잘하면 좋다는 얘기를 포장지 빼고 충전재 빼고 껍질 벗기고 불쑥 들이밀었다는 이유로 나는 '분위기 파악 못하고 아무 말이나 던졌다 망한 놈'이 되었다. 그럼 처음부터 '경험으로 터득한 실전 조언' 같은 소리 집어치우고 그냥 뜬구름 잡는 소리 하며 선배질이나 즐기자고 하지.

"내가 먼저 겪어봤더니 말이야"로 시작하지만 사실은 자기도 아직 못 겪어본 얘기 혹은 굳이 말 안 해도 누구나 다 아는 얘기로 흘러가는 인생 조언은 대부분 쓸모가 없다. 고

담준론^{高談峻論}이란 원래 흘러나올 때는 아름다울지라도 듣고 나서 그대로 따르는 사람은 1도 없는 법이다. 그보다는 더없이 하찮고 쩨쩨해 보일지언정 듣는 사람에게 직접적, 현실적으로 티끌만치라도 도움이 돼야 의미 있는 조언 아닐까? 책 많이 보고 공부 열심히 하고 남과 다른 시각과 사고를 가지라는 게 이 친구들이 맞이할 당장의 내일에 무슨 도움이 될지 의문이다. 이건 마치 "월요병을 극복하려면 어떻게 해야 합니까?"라는 물음에 "남과 다른 시각으로 일요일에 출근해 열심히 일하면 된다"라고 답하는 꼴이다.

새삼스러울 것도 없었던 회식이 망하고 난 얼마 후, 나는 기계적으로 밥시간에 맞춰 또 오리알을 건지러 물가에 나갔다. 화장실에라도 갔는지 자리를 비운 루키의 책상에는 그의 키만 한 높이로 사건 기록이 쌓여 있었다. 슬쩍 뒤적거려보니 모 기업 임직원 일동께서 회삿돈을 대차게 꿀꺽했다가 탈이 나 횡령, 배임 등의 혐의로 재판을 받고 있는 듯했다. 잠시 후 루키가 돌아왔고 나는 "바쁘시네요. 요즘 주로 무슨 일 하세요?"라고 물었다.

루키는 잠시 주변의 눈치를 보며 우물쭈물하더니 "남의 돈 계산이요"라며 가려져 있던 모니터를 돌려주었다. 거기에는 모 기업 임직원 일동이 부모 형제, 처자식의 계좌를 총동원해 수년간 야무지게 해먹은 회삿돈이 10원 한 톨까지 깨알같이 나열되어 있었다. 모니터에 희미하게 반사된 루키의 표정에는 어쩐지 염화시중의 미소가 떠오르는 듯했다.

글쎄, 내가 겪어봤더니 말이야, 학교 밖 세상에서의 실전은 교과서 위주로, 판례 달달 외워가며, 남다른 생각만 해가지고는 해결이 안 되더라고. '오늘만 대충 수습'엔 숙달된 잡기가 최고.

세일즈왕 변호사

아, 고객님 저희랑 계약하시면 진짜 잘해드릴 텐데.

한 30년 전쯤, 내가 아주 어린 땅꼬마이던 시절 '파마'(그 시절엔 '펌' 같은 고급진 단어가 없었다)를 하려는 모친 따라 미용실에 갔다가 잡지에서 흥미로운 얘기 하나를 읽었다.

대강의 줄거리를 더듬어보면 이렇다. 어느 세일즈맨이 추운 겨울 하루 종일 외근을 하고 사무실로 돌아와 영업부장에게 그날의 업무를 보고하려다가 부장이 으레 건넨 커피 한 잔에 온몸으로 토악질을 하며 쓰러졌다는 것이다.

여기서 중요한 부분은 '그 세일즈맨이 왜 커피 한 잔에 떡 실신했을까?'다. 땅꼬마 시절부터 배알이 꼬인 채로 빈정대기를 즐겼던 나는 기특하게도 상사에 대한 '과잉 충성' 개념을 일찍 깨달았기 때문에, 그저 밖에서 덜덜 떨다 온 영업직원이 부장에게서 커피를 하사받자 그 감동을 온몸으로 표현한 것이라 결론지었다.

그러나 이는 그 세일즈맨에 대한 모독에 가까운 것이었다. 우리의 주인공 세일즈맨은 하루 동안 수십 곳의 거래처를 돌아다니며 가는 곳마다 예의상 건넨 커피 수십 잔을 바닥까지 들이켜는 엄청난 '근성'을 보였다. 덕분에 커피가 목구멍에서 찰랑거리는 상태로 사무실에 복귀했는데, 멋모르는 부장이 또다시 커피를 내밀자 끝내 역류하는 신물을 이기지 못하고 와르르 무너졌던 것이다.

물론 지금이야 이런 식으로 세일즈를 해봐야 세일즈가 될 리 없다. 오히려 세일즈맨이 미련하다는 식의 비난을 받거나 혹은 '세일즈맨의 인권을 생각하는 모임'이 발족하는 계기가 될 뿐이다. 어쨌든 30년 전이나 지금이나 먹고사는 문제(점잖게 표현하면 '생계유지')는 녹록지 않아 치열한 경쟁이 반드시 수반되기 마련이며, 헌팅 그라운드 같기도 한 먹거리 싸움판에서는 유능한 사람만이 끝까지 살아남는다.

유능도 유능 나름인지라 여러 가지 의미의 '유능'들이 있겠지만 생계인의 현실에서 흔히들 말하는 '유능'이란 대체로 영업력, 그러니까 일감을 따내고 돈을 벌어오는 능력의 대소로 판가름된다. 지속 가능한 먹거리를 갈구하는 경쟁 구도에서 온갖 악재를 무릅쓰고 먹거리를 가져오는 사람은 싫어도 세상 유능하다고 평가받는데, 변호사의 세계 역시 마찬가지다.

내가 일하는 서초동 바닥은 물 반, 고기 반이다. 동네 어디를 기웃거리더라도 돌아다니는 사람의 절반은 의뢰인이고 나머지 절반은 변호사다. 아무리 코딱지만 한 건물이라도 법률사무소 하나쯤 안 들어가 있는 데 없고 지하철역에는 도전적인 문구와 함께 한껏 팔짱을 낀(혹은 불끈 주먹을 쥔) 모습의 변호사 광고가 다닥다닥 붙어 있다. 매해 신규 변호사가 배출되어 이 동네에 들어오는데 그 수가 퇴장하는 변호사 수를 압도한 지 이미 오래됐고, 영민한 국민성 덕에 어지간한 사건은 변호사 필요 없이 스스로 공부해서 처리하는 사람도 많다. 그러니 이 난잡한 바닥에서 딱히 내세울 것도 없는 변호사가 살아남으려면 30년 전 미용실 잡지에서 만났던 세일즈맨 정도의 열정과 근성을 갖춘 유능은 필수다.

'유능한 변호사'는 '훌륭한 변호사'와 다르다. 해박한 지식, 풍부한 경험, 올곧은 인성 등의 요건을 두루 갖춘 변호사가 훌륭한 변호사라면, 훌륭한 변호사의 요건 가운데 한두 가지만 갖춰도 유능한 변호사 소리는 들을 수 있다. 이런 거 저런 거 다 필요 없이 뛰어난 영업력으로 굵직굵직한 사건만 골라 수임해 오는 변호사 역시 이 바닥에서는 유능한 변호사로 불린다. 따라서 이 업에 뛰어들었다 해서 꼭 훌륭한 변호사까지 되어야 하는 건 아니다(되지 말자는 소린 아니다. 당연히 되면 좋다). 게다가 생계의 측면만 놓고 보면 오히려 막강한 영업력을 가진 유능한 변호사가 훌륭한 변호사보다 유리하다.

···

영화나 드라마에는 지극히 미화된 모습의 변호사가 자주 등장하는데(물론 항상 그런 건 아니고 당장 붙잡아다 볼기짝을 두들겨도 시원찮을 거의 인간쓰레기로 묘사되는 경우도 적지 않다), 그 때문인지 이 바닥의 생리를 몸소 체험치 못하고 잘 제작된 변호사 이미지만 간접으로 경험한 사람들은 대체로 변호사가 세일즈와는 거리가 먼, 어딘가 고상한 사람이라고 생각하는 것 같다.

하지만 변호사가 할 줄 아는 게 뭔가. 그저 말하기, 듣기, 읽기, 쓰기다. 그러다 보니 변호사는 자신이 가진 지식과 경험 그리고 어느 정도의 말발 같은 것들을 '법률 서비스'라는 그럴싸한 이름으로 포장해서 팔고 그 매출 이익으로 먹고사는 일종의 자영업자일 뿐이다.

이렇게 얘기하면 따지기 좋아하는 사람들이 무려 대법원 판례까지 거론하며 '변호사는 고도의 공공성과 윤리성이 강조되는 직무를 수행하는 사람'이라거나 '변호사는 신뢰 관계에 따라 위임 업무를 수행하고 대가를 받을 뿐, 상품을 팔아재끼는 상인이 아니다'라고 버럭 성을 낼 것 같다. 하지만 선비 정신을 조금 빼고 현실 생계를 꾸려나가야 하는 생활인의 관점에서 생각해보면 저 말이 '변호사는 법률 서비스라는 상품을 팔아서 먹고사는 자영업자'라는 표현과 뭐 그렇게 대단한 차이가 있는지 의문이다. 물론 모든 변호사가 오로지 공익이라는 등불을 향해 불나방처럼 달려든다면 이 세상은 머지않아 극락에 견줘도 모자람이 없게 될 것이고 모든 변호사는 죽을 때 온몸에서 사리를 쏟아내며 성불할 테지만 현실이 어디 그렇던가.

그럼 이 바닥 자영업자일 뿐인 변호사가 생계를 유지하는 데 필수적인 건 뭘까? 당연히 세일즈 즉, 영업이다.

적어도 생계유지의 측면에서 내가 보고 듣고 직접 경험한 변호사의 삶이란 다른 어느 직업 못지않은 영업 전쟁 일색이고 거의 대부분이 추구하는 공통된 목표란 좋게 말하면 사건 수임을 통한 매출 확대, 까놓고 말하면 '세일즈왕 등극'이다. 비좁은 산등성이에 바글바글 모여 있는 마운틴고릴

라들이 모두 '우두머리 수컷'의 꿈을 꾸며 사는 것과 같달까. 30년 전에는 이름 석 자 커다랗게 적은 간판을 걸어놓은 채 그저 사무실에서 고상하게 난이나 닦고 있어도 세상 억울한 사람들이 줄지어 찾아왔을지 모르지만 요즘 같은 때에 개업 변호사가 그러고 있다면? 그는 30일 뒤 자기가 키운 난처럼 빼빼 마른 채 사무실 바닥을 기어 다니게 될 거다.

미래의 우두머리 수컷을 꿈꾸는 이 동네 변호사들의 세일즈 방법은 제법 다양하다. 타고난 붙임성에 갈고닦은 음주가무 테크닉을 더해 거미줄 같은 인적 네트워크를 구축하는 방법, 지하철 광고, TV나 라디오 출연, 기타 강연 등의 기회를 십분 활용해 인지도를 높이는 방법, SNS나 블로그, 홈페이지, 더 나아가 1인 라이브 방송을 활용해 온라인 '인싸'가 되는 방법까지, 각자 스타일에 맞춘 영업 비법 한두 가지 정도는 기본이다. 그러나 이런 처절한 노력에도 우두머리 수컷의 영광은 좀처럼 찾아올 줄을 모른다.

직장인은 누구나 고달프지만 자영업자는 특히 더 고달프다. 변호사도 직장인이고 (궁극적으로는) 자영업자와 다를 바 없으니 똑같은 고민을 달고 산다. 세상에 나 혼자 변호사 해 먹는 것도 아니고 내 옆집도 변호사, 그 옆집도 변호사, 그 윗집, 아랫집도 다 변호사다 보니 갖은 노력을 기울여 영업을 하지 않을 수 없다. 게다가 월말은 늘 왜 그리도 빨리 오는지, 이 무렵이면 매일매일이 결제일이고 깃털만치 가벼운 통장 밑에는 누군가 커다란 구멍을 뚫어놓은 것만 같다.

공익이라든지 고상함 같은 것도 곳간에 뭐 좀 든 게 있어야 비로소 찾게 되기 마련이다. 매달 사무실 임대료나 월급 걱정 같은 건 안 해도 되는 수준은 되어야 비로소 이 한 몸 바쳐 세상을 극락으로 바꿔보든지 말든지 할 거고 어쩐지 허전한 사무실 한편에 난초를 놓든지 말든지 할 거 아닌가.

수천 년 전 관중(유명한 사자성어 '관포지교'에 나오는, 그 '관'씨 성 쓰시는 분)은 인간의 본성을 진작 꿰뚫어 보고 "곳간이 차야 예절을 알고 의식衣食이 족해야 영욕榮辱을 안다"는 말을 남겼다는데⋯⋯ 새삼 돌이켜봐도 희대의 명언이 아닐 수 없다.

이 땅의 모든 세일즈맨이여, 들숨에 부귀, 날숨에 영화 하소서.

생계형 변호사의
반복되는 일상

_어제는 어제 같은 오늘을 낳았고,
오늘은 오늘 같은 내일을 낳는다

정작 오늘 해야 할 일은 아직 시작도 못했지만
어쩐지 오늘은
그만 퇴근해도 될 것 같은 기분이 든다.

줄 간격 좀 맞춰주세요

직장인은 누구나 병마와 싸운다.

변호사 노릇을 하면서 살다 보면 종종 내 의사와는 무관하게 주변 사람들의 대소사에 끼어 상담역이 될 때가 있다. 오늘은 거의 10년가량 소식을 모르던 친구에게서 오랜만에 연락이 와 이런저런 근황 토크를 하게 되었다. 그간의 뉴스 업데이트를 마친 친구는 잠시 머뭇거리다 자기가 요즘 자그마한 사업을 하는데 법적으로 문제 될 게 있는지 좀 물어보자는 말을 꺼냈다. 나는 선뜻 그러라고 하면서도 "근데 내가 뭐 아는 게 별로 없어서……"라며 도주할 구멍을 파놓은 채 다소 뜬금없는 상담 시간을 가졌다. 그렇게 쉴 틈 없이 날아드는 물음표 가득한 문자에 아는 거 모르는 거 영혼까지 다

끌어모아 정신없이 고민하고 있는데 아…… 이 친구 말끝마다 자꾸만 거슬린다.

그러면 내가 이렇게 하면 안되?
대신 이걸로 하는 건 되?
아니 이것도 안되?

대강 이런 식이다. 물론 바쁘게 물어보느라 그랬을 수도 있고 사실 우리 사이에 의미만 통하면 됐지 맞춤법 그까짓 게 뭐 대수인가. 하지만 소갈머리가 어지간한 밴댕이 뱃속보다 비좁았던 나는 어느 틈엔지 저 한마디 말끝에 깊이 빠져들었고 '되'와 '안되'의 향연이 여덟 번 정도 이어질 무렵 기어코 안 해도 될 말을 해버렸다.

음…… 근데 되 아니고 돼, 안 되 아니고 안 돼.
누가 그러던데…… '안 돼의 돼는 돼지의 돼'

정말 맹세코 친구를 비난하거나 농락할 생각은 없었다. 그저 알아두면 유용한 돼지의 '돼' 자를 슬쩍 알려주었을 뿐이다. 그러니까 나는 큰 틀에서 광화문광장 앞에 앉으신 대왕님의 높은 뜻을 널리 전하려 했던 것인데, 그길로 10년 걸려 찾아온 친구의 자존심 위에서 거나하게 망나니 칼춤을 춘 꼴이 됐다.

갑자기 돼지 운운하는 소리에 친구는 잠시 말문이 막혀 있더니 이내 지적질의 참뜻을 깨닫고는 '지금 그게 중요하냐', '내가 우습냐', '공짜 상담이라고 홀대하느냐' 등등 소식 없이 지내는 동안 차곡차곡 쌓아둔 욕을 한꺼번에 방출했다. 친구의 애정 가득한 육두문자를 넙죽넙죽 받아 챙기면서 나는 이 정도 쌍욕이면 내 명이 생각보다 길겠구나 생각했다.

...

어디서 읽었는데 인간만큼 주위 환경에 빨리, 잘 적응하는 동물이 없다고 한다. 이유를 살펴보자면 다른 동물에 비해 높은 지능과 이성의 존재 등 여러 가지를 들더라만, 아무튼 크고 잔뜩 주름진 두뇌 외에 특별히 빼어난 동물적 능력하나 없는 인간이 여태 번성하며 잘 살아남을 수 있었던 데는 빠른 적응력이 크게 한몫했다는 그런 내용이었다. 시대가 바뀌어 척박한 자연환경을 상대로 적응력을 발휘할 필요가 적어진 인간은 이제 그 타고난 능력을 생계가 달린 직장과 직업에 투입했다. 역시 효과는 빨랐지만 대신 누구나 한두 가지쯤 어쩔 수 없는 부작용도 겪게 만들었다. 나도 그랬다. 어느 날 문득 서초동 송무 바닥에 투신한 이래로 꾸준히 본능적인 적응력을 발휘해 살았더니 딱히 의도치 않았음에도 몇 가지 직업병을 안고 살게 되었다.

우선 맞춤법에 매우 민감해졌다. 변호사 하는 일의 태반이 이런저런 재미없는 글쓰기인데 이게 또 하필이면 여러 사람 보여주기 위해 쓰는 것들이라 언제, 어디서, 어떤 이가 보게 될지 알 수 없다. 그래서 최소한 맞춤법에서라도 책잡히지 않도록 많은 신경을 쓸 수밖에 없다. 그렇다고 양자역학 못지않게 어렵다는 우리말 맞춤법에 통달한 것은 아니다. 다만 어디 가서 능력이 있네, 없네를 평가당하기도 전에 '맞춤법조차 잘 모르는 변호사' 소리는 듣기 싫으니까 글쓰기 시간마다 공들여 확인하고 또 확인한다.

그러다 보니 자연히 다른 사람들 맞춤법에도 깊은 관심을 갖게 되었다. 오늘도 그저 안 돼의 '돼'가 돼지의 '돼'인지 한 되, 두 되의 '되'인지 몰랐던 게 나뿐만은 아니었다는 안도감 정도 얻은 데서 만족하고 물러났으면 별 탈 없었을 것을, 기어이 깨알 같은 아는 체를 하다 사달을 냈다. 사람이 때가 되면 적당히 끊을 줄도 알아야 한다는 명언은 화장실에서만

힘주어 외칠 게 아니다.

맞춤법에 집착하는 병은 자연히 문서 양식에 집착하는 병으로도 전이된다. 변호사뿐만 아니라 다른 직장인들에게도 그 업계의 관행에 따라 혹은 소속된 조직의 특성에 따라 (아니면 뭐 결재권자의 그날 기분에 따라……) 정해진 문서 양식이 있을 텐데, 이 바닥은 유별나게 보수적인 문화까지 가세해서 문서 하나 생성할 때마다 그 목적과 내용에 맞춰 세밀히 양식을 따진다. 심지어 변호사가 법원에 제출하는 민사소송서류는 아예 대법원 규칙으로 양식이 정해져 있어서 A4용지 기준으로 글자 크기 12포인트 이상, 줄 간격 200% 이상, 좌우 여백 20mm 등을 지켜야 한다. 이처럼 반듯하게 짜여진 틀 안에서 노잼 글쓰기를 반복하다 보면 나도 모르게 꼬장꼬장한 룰이 생겨 문서별로 나름의 적절한 글자체, 자간, 줄 간격, 상하좌우 여백 같은 걸 따지게 되고, 남 보여줄일 없는 무쓸모 메모 따위를 쓸 때조차 맞춤법과 여백을 맞춰가며 스스로를 피곤하게 만든다.

게다가 사실 이런 유의 병이 가져다주는 폐해는 내 한 몸 괴롭히는 데서 그치지 않는다. 다른 사람이 작성한 문서에도 내가 만든 잣대를 들이대 이리저리 뜯어고치고 훈수를 놓는 바람에 업무적으로 만난 사람과 어렵게 쌓아 올린 그간의 정까지 가볍게 무너뜨리기 일쑤다. 일전에는 어느 고객님에게 소송 관련 서류를 받아 읽던 중 연월일 표시가 계속 "2015. 3. 7"이라고만 되어 있길래 "2015. 3. 7."로 고치다가 예민한 고객님 눈에 걸려서 "아, 거 좀 적당히 넘어갑시다"라고 무안을 당한 적도 있다("2015. 3. 7."의 각 점은 연, 월, 일을 대신하는 거라 끝섬을 안 찍으면 "2015년 3월 7"이라고 쓰는 셈이다).

또 다른 중병은 남한테 무슨 얘길 들어도 "그래서 근거가 뭔데?"부터 입 밖으로 튀어나오는 것이다. 증상이 심할 땐 아버지가 자식 앉혀놓고 "내가 네 애비다"라고 해도 근거가 뭐냐 되물을 판이라, 길동이 아버님이 큰맘 잡수시고 오늘부터 호부호형을 허하신들 가족관계증명서나 유전자검사 결과지 따위가 첨부되지 않으면 여전히 홍길동한테는 '나으리'고 '한집 사는 아저씨'인 거다.

안 그래도 요지경 같은 세상에 누가 뭐 좀 '그렇다더라' 하면 '아 그런가 보다' 하고 살면 편할 텐데, 이 바닥 생리는 과장 좀 없어서 우리 아부지도 우리 아부지라는 명확한 근거가 있어야 믿어주는지라, 어느 날부터 나도 같은 병이 들었다. 서초동 짬밥을 먹으면 먹을수록 사람 말은 일단 증거가 있어야 믿는 버릇이 생겼고 이 버릇을 유지하면 할수록 내 주변 인간관계는 손쉽게 난장판이 되었다.

이런 의심병을 앓다 보면 어쩐지 인간다운 인간으로서의 필수 덕목인 감성도 의심 속에 소실되는 것 같다. 원래 눈물 콧물 쏙 빼놓는 감성 최루탄에 강력한 내성을 가진 편이긴 했어도 한 줌의 인간적 면모는 있었다. 이따금씩 '나보다 메마른 것들'의 퍽퍽한 앞날을 걱정해주기도 했는데, 사사건건 근거 운운하며 꼬투리 잡고 살다 보니 아예 감성 면역이 생겨난 듯하다.

몇 해 전인가 가족들과 밥 먹으며 원빈님 주연 영화 〈아저씨〉를 보는데, 주인공이 나쁜 놈 패거리를 흉기로 콕콕 쑤셔 몽땅 살해한 뒤 여주인공 소녀의 눈알을 바라보며 처연한 표정을 짓는 장면이 나왔다. 모두가 입맛을 잃은 채 먹먹한 감정에 젖어들 즈음 무심결에 "다 죽였네. 무기징역만 나와도 다행인가"라며 쩝쩝거렸다가 방으로 쫓겨난 적도 있다. 또 한번은 수개월째 법정 드라마에 빠져 있는 아내를 좀 말려볼 생각으로 TV 볼 때마다 끼어들어 저건 실제로 있을 수 없는 일이라는 둥, 상황 전개에 근거가 박약하다는 둥 초를 조금 쳤더니, 아내는 그날로 드라마 대신 나와의 대화를 끊어버렸다.

어디서 무슨 일을 하건 누구나 직업병 한두 가지쯤은 달고 사는 법인데, 돌이켜 생각해보니 나도 어쩌다 얻게 된 질병으로 신음하다 괜한 소리 좀 한 거 가지고 너무 구박당한 거 같아 왠지 조금 섭섭한 마음이 들었다. 아픈 사람한테 약 방문은커녕 홀대를 일삼는 각박한 세상에서 살아가려면, 이 병마와 싸워 이기는 수밖에 없겠다 싶어 회사에 경륜 높으신 변호사님을 찾아가 방도를 여쭈었더니 이분의 답변이 새삼 기똥차다.

"으응, 못 이겨 그거. 개가 똥을 끊지."

'아 그런가보다' 하고 살면 편할 텐데.

인텔리빌딩 막내의 점심시간

탕국찌 탕국찌 탕탕찌국찌국.

내가 있는 사무실은 예전에 본 임대 광고에 '최첨단 인텔리전트 시스템 빌딩'이라고 소개되어 있었다. 그래서인지 낮 12시 정각이 되면 사무실 전체가 자동으로 소등된다(이거 말고는 대체 어느 부분이 인텔리전트한지 아직 발견하지 못했다).

정오가 되기 무섭게 '팍' 하고 불이 꺼지면 어두컴컴한 사무실 곳곳에서 거북이 자세로 모니터를 응시하던 사람들이 깨어난다. 반쯤 접혀 있던 어깨를 펴고 부스스 일어나 안내 데스크 앞으로 모여든다. 점심시간인 것이다. 우리 사무실의 12시 소등 기능은 마치 파블로프의 실험처럼 사무실 내 거북이들에게 밥때가 왔음을 알려주고 침샘을 터뜨리는 등 엄청나게 인텔리전트하다.

하지만 12시는 이 땅의 막내 직딩들이 시험에 드는 시간이기도 하다. "뭐 먹을래?"가 짬순 정렬로 막내에게 전달되기 때문이다. 장담컨대 이 난제는 우주의 기원을 밝히는 것보다 어렵다. 이미 답은 정해져 있고 무한한 기출문제와 무한한 모범 답안이 있지만 막내는 결코 정답을 맞히지 못한다. 평소 "부디 시험에 들게 하지 마시옵고"라고 아무리 빌어도 매일 이런 난제를 주시는 걸 보면 신은 유독 막내에게만 관심이 없으시다.

나는 우리 팀 막내다. 우리 팀이라고 해봐야 변호사는 셋, 스태프까지 더해도 7명이 전부인데 그중 막내는 9년째 내가 맡고 있다. 어디 가서 아재 소리 넉넉히 들을 나이지만 나이로 보나 이 바닥 짬으로 보나 나는 우리 팀 막내다. 12시가 되면 우리 팀 사람들은 나만 바라본다. 그 시선이 어찌나 부담스러운지 흡사 6남매를 둔 가난한 홀아비가 찬 없는 저녁상을 차리는 심정이다. 옆 팀 막내 변호사는 아예 휴대폰 룰렛 게임을 돌려서 나온 메뉴로 밀고 나간다는데, 다소간의 꼰대 마인드를 갖고 보니 그건 좀 무성의한 거 같아서 곰곰이 생각은 해본다.

'그제는 북엇국, 어제는 김치찌개, 오늘은 아냐……'

서초동에 들락거리는 사람들은 다른 어느 동네 사람 못지않게 술을 자주 많이 마신다. 법원을 가든 검찰청을 가든 변호사를 찾아왔든 일단 이 동네에 일 보러 온 사람치고 기분 좋은 사람 별로 없고 대체로 표정이 어둡다. 그래서 낮이건 밤이건 식사 때엔 소주나 막걸리 한 잔이 빠지지 않는데, 한 잔 두 잔 마시다 보면 결국 술이 사람을 마시게 되고 골목 곳곳에 만취한 시루떡들이 생겨난다. 물론 시루떡들 중에는 변호사도 끼어 있다. 고객님이 울적해서 한 잔, 기분 좋아 한 잔 하시겠다는데 고객님 돈으로 먹고사는 변호사가 사무실에 앉아서 펜대나 굴리고 있을 여유는 없다.

그 때문인지 이곳 식당치고 점심때 해장 메뉴를 팔지 않는 곳은 없다. 탕, 국, 찌개 중 적어도 한 가지를 주력으로 내세운다. 메뉴도 대체로 일관된 편이어서 탕은 대구탕·생태탕·알탕·추어탕이 주류, 국은 북엇국·복국·해장국·순댓국이 주류, 찌개는 김치찌개·부대찌개·순두부찌개·된장찌개가 주류다.

···

그동안 숱하게 많은 12시의 시험을 치르면서 다양한 '답정너 오브 답정너'를 겪어보았으나 한 번도 만점을 기록한 적이 없다. 그래도 그간의 경험에 근거한 선호도에 따라 '탕국찌 탕국찌 탕탕찌국찌국' 순의 메뉴 사이클을 마련해두었고(후반부에 '탕탕국국찌찌' 같은 뻔한 반복이 아니라 '탕탕찌국찌국'이라는 베리에이션을 두는 기특함도 발휘했다), 순간적으로 머리를 쥐어짜 동료들의 지난밤 음주 여부, 어제와 그제의 점심을 복기한 결과 추어탕을 추천했다.

한겨울, 흩날리는 눈발을 뚫고 따끈한 추어탕집에 들어서자마자 곧장 안경에 김이 서리면서 뵈는 게 없어졌다. 같은 불편을 감내하고 사는 안경잡이들끼리 백날 해봐야 소용없는 날씨 탓을 하며 툴툴거리고 있었더니 금세 주인아주머니가 다가와 무심한 말투로 묻는다.

"어떻게 해드릴까?"

추어탕집 메뉴라고 해봐야 둘 중 하나다. 미꾸라지가 통으로 들어 있는 '통추어탕' 아니면 곱게 간 미꾸라지가 들어 있는 '간추어탕'.

나는 비위가 약한 데다가 특히 물에 빠진 생선에 취약해 늘 간추어탕만 먹는다. 뱅어포를 먹을 때도 눈 마주치기가 껄끄러워 사선으로 집어 먹는 수준인데, 어른 손가락만 한 생선 다수가 눈을 부릅뜨고 둥둥 떠 있는 통추어탕은 만렙

아재가 되기 전에는 엄두가 나지 않는다. 사실 간추어탕이라고 해서 늘 안심할 수 있는 것도 아니다. 이따금씩 미처 갈리지 못한 채 적출된 생선 눈알이 동동 떠다니기도 하고 훌훌 퍼먹다 입안에서 뭔가 까슬까슬한 느낌이 들어 끄집어내면 마치 잘라낸 검지 손톱 같은 게 나오는데 그건 미꾸라지 갈비뼈다.

한 가지 신기한 건, 사람마다 건더기부터 건져 먹고 남은 국물에 밥 말아 먹는 스타일, 아예 밥 따로 탕 따로 먹는 스타일, 이것저것 따질 거 없이 뚝배기에 밥 한 공기 때려 넣고 마구 퍼먹는 스타일 등 먹는 방법은 다양한데 식사 중의 추임새는 거의 같다는 것이다.

"후우후우."

"후릅 텁 츄릅."

"허어허 하하이호오오."

"쩝쩝쩝."

"크어허 어허."

한술 떠서 식히고 한입에 털어 넣고 입안에서 굴리며 다시 식힌 뒤 씹고 맛보고 삼키는 순이다. 우리말에도 중국말처럼 성조가 있다면 좀 더 실감 나는 표현이 가능할 텐데.

어렸을 때 동네 목욕탕에 가면 가장 뜨거운 탕 위에 백두

산 천지 사진이 크게 걸려 있고 그 밑에서 두꺼비 두 마리가 입을 벌린 채 연신 뜨거운 물을 콸콸 쏟고 있었다. 당시 일요일 아침마다 목욕을 오는 초로의 아재가 있었는데, 그는 적당히 샤워를 마치면 성큼성큼 열탕으로 가 천지 밑에 가부좌를 튼 뒤 두꺼비가 쏟아내는 열수熱水를 자신의 정수리로 받아냈다. 나는 그가 정수리에서 쏟아지는 물을 연신 내뿜으며 "키야어허어어" 하는 기함을 토할 때마다 경탄을 금치 못했는데, 지금 생각해보니 그 시절 아재의 기함은 오늘 이 추어탕집 손님들의 추임새와 매우 흡사했던 것 같다.

이제 세월이 흘러 나도 아재가 되고 보니 목욕탕 아재의 기함이나 추어탕집 아재의 추임새를 어느 정도 이해할 수 있을 듯하다. 온몸이 새빨개지도록 뜨거워도 '어허 시원'하고, 입천장이 다 까지도록 뜨거워도 '어허 시원'한 건, 세상 사람 모두가 거짓말쟁이여서 도대체 믿을 놈 하나 없기 때문만은 아니다. 때가 되면 자연히 알게 되지만, 때가 되기 전엔 아무래도 알 수 없는 것들. 막내의 점심시간은 가끔 이렇게 사소한 깨달음을 준다.

옷장 안 루틴

작업복, 전투복, 근무복, 활동복, 피부.

    한가롭던 일요일 오후, 즐겨 입던 옷이 불의의 사고로 사망했다. 아무런 무늬도, 글귀도 없이 왼쪽 가슴 부분에 보일 듯 말 듯 손톱만 한 크기의 로고만 수놓여 있던 남색 티셔츠⋯⋯.

    분명 사고였다. 난 단지 옷을 입으려고 했을 뿐이다. 늘 그랬듯이 양팔을 끼워 넣은 다음 티셔츠 목구멍 방향으로 내 정수리를 조준했고 이제 팔과 어깨를 끌어당겨 저 목구멍으로 내 머리를 통과시키기만 하면 됐는데⋯⋯ 오늘따라 목구멍과 머리통의 정렬 상태가 반듯해 중간에 걸리지 않고 한 방에 통과되겠다 싶어 '으라차!' 힘주어 당겼더니 티셔츠가

'으라차!' 비명을 내지르며 횡사해버렸다. 몸통도 일자로 들어갈 만큼 커다란 구멍이 뚫린 옷을 부둥켜안고 꺼이꺼이 오열 중인 내 모습을 본 아내는 세상 한심하다는 표정으로 비수를 날렸다.

"뭐야, 그거 티었어? 난 원피스인 줄 알았지. 이제부턴 바지로 입어도 되겠네."

돌이켜 생각해보니 변호사 노릇을 시작한 이래로 티셔츠 같은 건 거의 사질 않았다. '쇼핑=노동'이라는 이 나라 아재들의 흔한 고정관념에서 벗어나지 못한 탓도 있지만 월화수목금금금 같은 직딩의 삶을 살다 보니 학생 시절의 옷은 거의 입을 일도, 살 일도 없어졌다. 오늘 유명을 달리한 옷도 7년 전인지 8년 전쯤 거의 절반은 사기에 가까운 인터넷 광고에 속아 산 것인데, 튀는 구석이란 눈곱만큼도 없는 것이 어쩐지 내 인생관을 쏙 빼닮아 휴일마다 꼬박꼬박 챙겨 입었다. 그 덕에 시간이 지날수록 주인 몸뚱이를 그대로 반영해 야무지게 늘어났고 마치 피부를 입는 듯한 편안함에 더욱 애지중지했건만…… 슬프다. 애정하던 바늘이 횡사하자 비통에 잠겨 조침문弔針文을 남긴 그 옛날 유씨 부인의 심정을 이제야 알 것 같다.

...

　언제부턴가 내 옷장 안에는 일주일의 루틴만 빼곡히 들어 있었다. 거의 같은 색상, 거의 같은 크기, 거의 같은 모양, 거의 같은 정도의 후줄근함을 갖고 줄지어 걸려 있는 양복 다섯 벌. 이건 그냥 옷이 아니라 내 월화수목금요일이다. 요즘 어지간한 회사들은 다 유연한 복장 규정을 두고 있어서 작정하고 회사랑 싸우자는 수준이 아니면 직원들이 뭘 입고 다니든 크게 시비 걸지 않는다던데, 서초동을 필두로 한 이른바 '법조계'에서는 아직도 꽤나 철저한 복장 코드가 요구된다.

　변호사업계의 기본 복장은 물론 양복이다. 언제부터였는지는 몰라도 이 바닥에서는 당장 초상집에 달려가 엎드려 있어도 별로 어색할 것 없는 우울한 양복 차림이 고객이나 동료 혹은 판사, 검사 등에 대한 모종의 예의범절처럼 되어 있다. 일단 어디서 둘째가라면 통곡할 정도로 보수적인 이 바닥 문화가 크게 한몫했을 텐데, 엄격·근엄·진지로 가득 채워진 이곳의 보수성은 매년 날아오는 웃지 못할 이메일 한 통만 보더라도 쉽게 체감할 수 있다.

　해마다 여름이 되면 변호사회에서 "여름철 법정 내 변호사 복장 간소화 안내"라는 제목으로 뜬금없는 이메일이 온다. 요지는 '혹서기(보통 6월에서 8월까지의 기간)에도 공사가 다망하신 회원님들을 위해 협회에서 위 기간 동안 (남성) 변호사가 노타이로 법정을 출입할 수 있도록 법원에 양해를 구하는 쾌거를 이루었으니 모두 동참하시라'는 것이다. 언뜻 보면 뭔가 세심한 배려 마인드 같지만 한 번 더 생각해보면 뒷짐 지고 먼 산 향해 실소를 내뿜을 일이다.

'덥고 땀나고 불편하지만 아무튼 양복 FULL 장착'을 당연한 전제로 깔고 있는 것도 그렇지만 거기서 고작 넥타이 하나 빼고 다니는 것조차 매년 양해를 구한다는 게 그리고 그걸 매년 홍보해가며 전원 동참을 촉구한다는 게, 이게 예의 바르다고 칭찬할 일인지 아니면 성가신 목줄이라도 벗어던진 게 어디냐며 좋아할 일인지 감이 안 온다. 아 잠깐, 이런 비슷한 거 어디서 봤더라…… 군대에서 자주 있었던 일 같은데…….

한편으론 안타깝기도 한 것이 변호사회의 저런 수고와 노력에도 불구하고 회원님들의 복장 통일은 아직까지 한 번도 이뤄지지 않았다. 장담컨대 남북통일이 더 빠를 거다.

관행과 선비 정신을 따지는 보수적인 문화에 더해 반드시 양복 정장을 차려입어야만 나름 '전문가'의 신뢰감을 심어줄 수 있다든가, 전문 서비스업 종사자의 소위 '뽀대'가 난다는 막연한 믿음도 이 바닥의 빡빡한 복장 코드를 완성하는 데 일조한 것 같다. 심지어 어떤 분들은 사시사철 양복쟁이만으로는 성에 안 차는지 구둣방 정기권 끊어놓고 매일 구두 코에 불광 물광 끼얹어 마치 미러볼처럼 만들어놔야 예의를 차린 것으로 여기던데, 그렇게 공들여 광낸 구두 신고 다니다 스텝이 꼬여 내 발로 기스라도 내면 하루 종일 속이 쓰릴 것만 같다.

아무튼 이런 이유로 내 옷장에는 월요일부터 금요일까지 순서대로 꺼내 입는 작업복이자 전투복이자 근무복이자 활동복이며 사실은 거의 피부와도 같은 양복 다섯 벌이 걸려 있다. 한번 입으면 적어도 12시간은 걸치고 있는 데다가 그 상태로 걷고 뛰고 앉고 구르는 모든 동작을 소화해야 하므로 대부분 엉덩이, 소매 등이 닳고 닳아서 반짝반짝 자체 발광이 심하다.

비싼 양복 사 모으는 건 진작 포기했다. 자비를 모르는 가격표에 질린 탓도 있지만 어쩌다 한번 정말 중요한 일이 있을 때마다 최선을 다해 각 잡고 꾸며서 양복을 입던 시절과 달리 이제는 매일매일 피부처럼 걸치다 보니 고가의 브랜드 양복은 그야말로 부질없었다. 아무리 비싼 옷이라도 월화수목금요일의 사이클에 편입되는 순간 채 몇 달을 못 가 다른 작업복과 마찬가지로 엉덩이와 소매에서 빛이 번쩍였다. 아내는 내 작업복 컬렉션을 가리켜 '자본주의 노예의 하네스'라 조롱했지만, 울컥하면서도 딱히 반박할 거리를 찾지 못했다. 매일 아침 스스로 하네스를 찬 채 집을 나설 뿐.

몇 해 전 여름, 멀리 부산으로 재판을 다니게 되었는데 마침 방학과 휴가철이어서 기차 안에는 피서를 떠나는 가족과 커플이 가득했다. 모두가 한껏 들떠서 까르륵거리는 가운데 나만 작업복 차림으로 객실 자동문 옆자리에 찌그러져 있었다. 1분마다 열고 닫히는 성가신 문짝 소음과 흥에 겨운 남들 웃음소리에 괜히 심술이 났던 나는 얼른 볼일을 마치고 혼자 해운대로 가서 바나나보트라도 타고 올 각오를 다졌다. 하지만 바나나보트 사장님은 피서객이라기엔 너무나 수상한 차림의 서른 중반 남자에게 오리배 한 척조차 내어주지 않았다. 실의에 빠진 나는 이미 해가 뉘엿뉘엿 저물어가는 때였음에도 짠물에 발이나 담글 요량으로 신발, 양말 벗어놓고 셔츠도 바지 밖으로 한껏 빼놓은 채 바닷바람을 맞고 있었다.

그때 어디선가 인자한 인상의 아주머니 한 분이 다가오더니 내 손을 덥석 붙잡고 아무리 힘들어도 가족들 생각을 해야 하지 않느냐고 물었다. 무슨 말인지 한 번에 이해하지 못한 나는 멍한 표정을 지었다. 그러자 아주머니는 의미심장

한 미소를 지어 보이더니 가방에서 주섬주섬 책자 하나를 꺼내 주며 힘들 때마다 펼쳐서 읽으면 항상 승리할 수 있는 생명의 말씀이 적혀 있다고 했다.

홀연히 나타나 수수께끼 같은 말만 남기고 떠난 아주머니의 그림자를 좇던 나는 뭔가에 홀린 듯 꼬깃꼬깃 접혀 있던 책자를 펼쳐 들었다. 과연 그곳에는 생명의 말씀이 가득했다.

독생자 하나님께서 너희를 구원코자 이 땅에 내리셨으니…… 너희의 생명은 모두 하나님이 주신 것이라 그 생명의 시작도 끝도 오직 하나님께……

네…… 힘들긴 했는데 그 정도로 힘든 건 아니고…… 아니 그보다 내 생명줄은 자본주의가 쥐고 있는 것 같은데 왜 그분이…….

운수 좋은 날

괴상하게도, 오늘은 판사가 날 보고 웃더라니.

어렸을 때부터 나는 아침밥을 거의 먹지 않았다. 특별한 이유가 있어서라기보다는 남들에 비해 시곗바늘이 오른쪽으로 심하게 돌아간 심야형 인간이다 보니 아침밥은 늘 아침잠에 우선순위가 밀렸다. 조무래기 시절에는 모친에게 등짝 맞아가며 억지로 일어나 꾸역꾸역 아침밥을 밀어 넣기도 했지만 모닝 포만감이란 어쩐지 어색하고 불편했다. 굳이 먹어야 한다면 자기 직전에 남들보다 한참 빠른 아침 식사를 하는 게 나았다. 가끔 TV를 보면 아침 식사야말로 다이어트도 되고 수명도 늘어나고 두뇌 회전에도 좋다는 둥 갖은 찬사를 아끼지 않던데, 나는 마치 불로장생의 비급과도 같은 이 아침밥을 30년 가까이 대략 스킵하고 살았다.

그런데 오늘은 무슨 바람이 불었는지 아침 일찍 일어났고 출근하던 중에 굳이 빵집을 들렀다. 한 손엔 커피, 다른 한 손엔 이름도 어려운 빵 쪼가리를 사 들고 바쁜 도시인의 허세를 한껏 부리려던 순간 빵집 옆에 세워둔 차창 위로 반짝이는 딱지가 보였다.

주정차 위반 과태료 4만 원. 나는 또 한 번 서초구의 부귀영화를 도왔고 오늘따라 사람 잘못 찾아왔던 조식 의욕은 그 길로 소멸했다. 다른 사람들도 줄줄이 차 세워놓고 볼일들 보던데 어째서인지 단속에 걸리는 사람은 늘 정해져 있다. 귀신같은 단속반이 이미 자리를 떠버려 주절주절 변명할 기회도 날린 나는 이 동네 주차 호구인 내 위치를 받아들이기로 했다.

사무실에 들어와 입을 한 뼘쯤 내민 채 한동안 동네 불우이웃 돕기는 다른 사람에게 양보해도 되겠다는 둥, 고작 빵 한 개 그거 아무거나 집지 뭘 그리 뭉그적거렸을까 따위의 부질없는 생각을 하고 있는데, 우리 팀 직원이 슬며시 다가와 오늘의 패소 판결을 전해주었다. 이야 오늘 일진 기똥차네.

잠시 숨을 고르고 삐죽삐죽 모난 마음을 가라앉힌 다음 의뢰인에게 전화해 패소 소식을 알려주었더니 당장 사무실로 찾아오겠단다. 그래 뭐 이 정도야 얼마든지 예상한 바다. 승패는 병가兵家의 상사常事라더니 이 바닥에서도 승패는 상사다. 매일매일 누군가는 소송에서 이기고 누군가는 진다. 동전의 양면처럼 승자의 영광 이면에는 패자의 비애가 있기 마련이다. 하지만 아무리 이 바닥을 짬을 집어 먹어도 수시로 날아드는 승패의 성적표는 도무지 익숙해지지 않는다.

금요일 점심 무렵의 교통 체증 따위 빛의 속도로 격파하고 찾아온 의뢰인과 나는 비좁은 회의실에 마주 앉아 침묵의 시간을 보냈다. 의뢰인은 당연히 뭔가 불만이 가득하지만 이걸 어디서부터 어떻게 풀어야 할지 순번을 정하는 중이었을 테고, 나는 그저 패소한 죄인으로 보이지 않는 칼을 양쪽 승모근에 얹고 있을 뿐이었다.

D 회의실, 우리는 그곳을 '참회와 성찰의 방'으로 불렀다. 그곳은 사무실 가장 구석에 박혀 있어 큰 소리가 나더라도 밖에까지 잘 들리지 않았고 주변 유동 인구도 많지 않았으며 어째서인지 볕도 잘 들지 않아 항상 으슥했다. 그 탓에 뭔가 아쉬운 소리 할 일이 있거나 혼날 일이 있을 땐 자동으로 D 회의실을 찾았다.

마침내 토로할 거리들의 순번 정렬을 끝낸 의뢰인이 입을 떼었다.

"변호사님, 제 사건 왜 이 사무실에 맡겼는지 아시죠?"

글쎄요, 잘 모르겠는데…… 월급쟁이인 나는 그저 어느 날 갑자기 위에서 배당된 사건을 받았을 뿐 선임 계약 단계에서 이분을 만난 적이 없다. 물론 내게 사건이 배당된 후에도 무슨 경위로 우리 사무실을 찾아와 덜컥 계약까지 하게 되었는지 일언반구조차 듣지 못했다. 어쩌다 여기까지 오셨는지 내가 먼저 물어봤어야 했던 걸까? 왜 때문에 내가 당연히 알 거라 생각하는지 의문에 빠진 채 대답 못하고 쭈뼛거렸더니 의뢰인이 답답하다는 표정으로 다시금 말을 이었다.

"아니, 여기다 사건 맡기면 제가 원하는 결과 얻어준다 해서 믿고 맡겼는데 처음에 했던 얘기랑 결과가 너무 달라서요."

그래, 역시 그렇지. 그럴 줄 알았다. 하지만 나는 맹세코 단 한 번도 누구에게도 저런 얘기를 한 적이 없다. 오히려 이 런저런 명목으로 미팅을 할 때마다 얼마든지 패소 가능성이 있음을 주지시키고 제발 혼자서 밑도 끝도 없는 장밋빛 낙원에 가 계시지 말라 당부한 적은 있다.

우리 고객님들은 대체 누구한테 저런 약속을 받고 오시는지, 대체 어떤 훌륭하신 분이 저렇게 대놓고 공수표를 날리고 계신 건지 나야말로 좀 만나봐야겠다. 스승으로 모셔놓고 승소 비법을 전수받든지 아니면 하다못해 숫자 여섯 개라도 좀 찍어달라 사정할 판인데, 공사가 다망하신 그분은 마치 설화처럼 늘 입에서 입으로만 돌아다닐 뿐 좀처럼 실체를 보이지 않는다.

솔직한 심정으로는 대체 어떤 '빠꿈이'가 그런 '후라이'를 까고 다니는지 지구 끝까지 쫓아가 잡아내고 싶다. 그렇지만 끝내 요망한 구라쟁이를 찾더라도 이미 틀어진 의뢰인의 기분은 1도 누그러지지 않을 것이 뻔하니 패소한 죄인은 부질없는 위로의 말을 더듬더듬 건넬 뿐이다.

"아휴 기대가 크셨을 텐데…… 결과가 만족스럽지 못해 정말 안타깝습니다. 저희도 최선을 다해봤지만…… 여러 가지 사정이 여의치 않아 실망스러운 소식 전하게 된 점 유감스럽게 생각합니다."

예상대로 의뢰인은 전혀 위로받지 않았고 나는 입 아프게 하나 마나 한 말을 했다. 하지만 변호사는 변호사대로 이이상 할 말이 없다. 가벼운 감기에 걸려 병원을 찾더라도 백퍼 완치된다 장담하는 의사는 없다. 매일 2열 종대로 줄을 서는 식당을 찾더라도 백퍼 인생 맛집이라 장담하는 셰프 역시 없다. 변호사도 마찬가지다. 하물며 이기고 지는 판단은 판사가 하지 변호사는 판단 주체도 아닌걸. 그러니 변호사의 변론이 마치 배탈 난 사람 배꼽에 빨간 약 발라주는 수준으로 세상 허접하지 않았다면 설령 소송에서 졌다 한들 꿇어앉아 참회하고 성찰할 일까지는 아니다.

그럼에도 현실에서 패소한 변호사는 어쩐지 죄인이 된다. 게다가 나는 결코 한 적이 없고 심지어 무슨 내용인지도 모르지만 아무튼 의뢰인이 믿었다는 '그 약속'을 못 지킨 책임까지 떠안아야 한다.

나는 '유감', '최선' 따위의 구태의연한 단어들로 돌려 막기를 하면서도 눈치껏 거 판사가 이상하다는 둥, 좌절 말고 항소해서 다시 싸워보자는 둥 하며 어르고 달래보았으나 의뢰인의 유감은 좀처럼 사그라들지 않았다. 한참 동안 최선을 다해 문초하던 의뢰인은 결국 나 하나 유감스럽게 해봤자 얻을 게 없음을 깨달은 뒤에야 깊은 한숨을 쉬며 돌아갔다.

...

내 육신이 참회와 성찰의 방에서 풀려난 건 고객님의 문초가 다 끝난 뒤였지만 마음은 이미 진작 콩밭으로 떠나버렸다. 여태껏 서초동 바닥을 굴러다니며 9년째 소송 밥을 먹고 있지만 패소 후의 뒷수습은 언제나 가장 큰 스트레스다. 시간과 돈 들여 소송했는데도 원하는 결과를 얻지 못한 의뢰인의 원망은 갈 곳을 찾아 헤매다 끝내 가장 만만한 변호사에게 향하기 마련이다. 갈 곳 없는 원망을 받아주는 것도 내 일이라면 일이니 일단 덥석 받기는 했는데, 그로 인해 생긴 내 원망은 받아주는 곳이 없다. 앞으로 한 20년쯤은 이 바닥 밥을 더 먹을 것 같으니 이 스트레스도 아직 20년 치가 더 남았구나 생각하자 한 줌 정도 남아 있던 근로 의욕마저 싹 사라졌다. 정작 오늘 해야 할 일은 아직 시작도 못했지만 어쩐지 오늘은 그만 퇴근해도 될 것 같은 기분이 든다.

조퇴 카드를 만지작거리며 보스의 방 언저리를 서성거리다 차마 일찍 집에 가겠다고는 말 못하고 그냥 볼일 좀 보고 오겠다 둘러댄 뒤 사무실 밖으로 나왔다. 이 동네는 밤에 어른이들이 삼삼오오 모여 있을 때는 그렇게 갈 곳도 할 것도 많더만, 낮에 혼자 농땡이 좀 부리려니 도무지 갈 곳도 할 것도 없었다. 평소에 눈여겨봐 둔 구석지고 후미진 카페라도 가서 늘어져 있다 올까 했지만 입장하자마자 도로 발길을 돌려 나왔다. 한눈에 봐도 이 바닥 짬 좀 먹어본 듯 한 사람들이 이곳에마저 진을 치고 앉아서는 '오늘 중으로 김 회장이 20억 입금하기로 했으니 걱정 말라'는 둥 '박 사장이 담보 잡아 둔 거 얼른 경매를 쳐야 우리가 산다'는 둥 뻔한 소리들을 지껄이고 있어 김이 샌 탓이다.

이 동네는 낮에 농땡이 필 데도 없네(궁시렁).

결국 소득 없이 사무실로 돌아왔다. 하지만 나 하나쯤 빈둥거려도 여전히 바쁘게 잘 돌아가는 이 나라 법조 1번지의 현실을 목격한 덕에 안심하고 한참 동안 아무것도 안 했다. 그러다 최소한의 성의로 손가락을 움직여 웹질-유튜브-웹질-유튜브를 반복했다. 보고 싶은 콘텐츠를 찾아보면 그건 어쩐지 아무것도 안 하는 게 아닌 거 같아서 그냥 아무거나 커서가 멈추는 대로 받아들였다. 학창 시절 시험 기간에는 9시 뉴스도 그렇게 재밌더니 지금은 뭘 봐도 재미가 없다.

이윽고 해가 지고 모두가 불타는 금토일을 맞이하려 스멀스멀 자리에서 일어날 무렵 나도 일어섰다. 콩밭으로 떠나간 마음은 그때까지도 돌아올 기미가 없었기 때문에 집에 가서도 아무것도 안 해야지 다짐하고 있는데, 문득 다음 주 일정표가 눈에 들어왔다.

화요일 10시 XXX 판결 선고.
수요일 2시 OOO 판결 선고.
목요일 10시 □□□ 판결 선고.

이야, 내가 시험을 이렇게 많이 봤었네. 이번 주말까지만 뛰어놀고 다음 주 월요일부터는 시름시름 좀 아플까…….

내 이래 살아도 한국 사람 아이 됩니까

어느 동포의 이야기

우리 부모님 세대, 그러니까 이른바 '7080세대'가 어렸던 시절 한겨울에는 간식거리가 마땅치 않았기 때문에 이따금씩 대문 밖에서 "찹싸-알 떠-억!", "망개애- 떠-억!"을 목청껏 외쳐대는 떡장수의 목소리가 그렇게 반가울 수 없었단다. 지금이야 사시사철 항상 간식거리는 넘쳐나고 찹쌀떡보다 맛있는 게 너무 많다 보니 겨울밤 골목골목을 누비던 떡 행상은 상당히 보기 드문 풍경이 되었지만, 그 시절엔 담장 밖 인싸 정도 인기는 넉넉히 누렸다고 한다.

겨울 치고도 유난히 해가 짧아 오후 5시도 되기 전에 이미 사방이 어둑어둑해진 어느 날이었다. 이 동네 먹자골목이

형형색색 불을 밝히고 밤의 세계를 열어젖힐 무렵 나는 우연히 마수걸이를 한 떡장수와 마주쳤다. 어쩐지 반가운 마음에 쪼르르 달려가 그의 모습을 살폈더니 어라? 뭔가 이상하다. 떡장수는 어깨에 큼지막한 스티로폼 떡판을 둘러맨 모습으로 끝나지 않고 웬 손수레를 끌고 다녔다. 또한 그는 "찹쌀 떠~억" 하는 특유의 구성진 소리를 단 한 번도 입 밖에 내지 않았다. 옛날 겨울밤의 시그니처 사운드와도 같았던 그 소리는 아까부터 달그락거리며 떡장수 뒤를 쫓던 손수레 위 스피커에서 일정 간격으로 흘러나왔다. 찹쌀떡은 전분가루 뿌려진 떡판에 옹기종기 깔려 있는 게 아니라, 알 수 없는 그림이 잔뜩 인쇄된 허접한 종이박스에 대여섯 개씩 포장되어 있었다.

나는 무언가 속은 듯한 기분이 들면서 동시에 약간 서운한 마음도 들었다. 옛날 드라마에서는 떡장수가 육성으로 "찹쌀 떠~억"을 서너 번쯤 외친 뒤 "칵~퉤!" 하며 목청을 가다듬고, 그 소리를 들은 동네 꼬맹이들이 우르르 몰려오면 하얀 가루 흩날리며 인심 좋게 떡판을 훑던데…… 이제는 육성으로 떡 호객을 할 필요도, 세상 성가신 가루 흩날려가며 떡을 집어줄 필요도 없었다. 찹쌀떡 매대에서도 이미 세상은 한참 바뀌어 있었던 걸 나만 몰랐다.

바뀐 세상에 대한 실감은 저녁때가 다되어 가진 상담 시간에 또 한 번 찾아왔다. 명자 씨는 이른바 '조선족'이라 불리는 중국 국적 동포였다. 마흔 중반에 접어든 그는 이미 10년 가까이 우리나라에서 생활 중이었는데, 중국 동포 특유의 억양이 있긴 했지만 그래도 유창한 우리말 실력을 갖추었고, 낮에는 식당 종업원이나 빌딩 청소원, 밤에는 간병인 일을 하며 살았다. 그러다 이제는 때가 되었다 싶어 마음먹고 귀화허가를 신청하였는데, 의외로 단칼에 거부당하자 심기가 잔뜩 불편한 채 변호사를 찾아왔다.

당시(2013년) 국적법에 의하면 외국인이 귀화허가를 받고자 할 경우, 성인으로서 5년 이상 계속하여 국내에 주소가 있을 것, 생계유지 능력이 있을 것, 국어 능력 등 국민으로서의 기본 소양을 갖출 것, 품행이 단정할 것과 같은 요건을 갖추어야만 했다. 물론, 명자 씨는 10년 전 입국한 이래 계속해서 국내에 주소를 두고 체류해온 데다가, 유창한 국어 능력과 적어도 최저임금을 상회하는 수입이 있었기 때문에 국적법이 정한 요건 정도는 충분히 만족하고도 남을 거라 생각했단다. 그런데 이 나라는 예비 국민의 부푼 기대를 가볍게 뒤엎고, 무려 법무부장관(외국인의 귀화허가신청에 대한 허부 결정은 법무부장관이 한다) 명의로 '품행이 단정치 못해 귀화허가를 할 수 없다'는 취지의 거부처분 통지서를 보내주었다.

문득 궁금하기도 해서 찾아보았더니 2011년 1월 우리나라의 누적 귀화자가 10만 명을 넘어섰고 매년 1만 여명이 꾸준히 귀화를 하고 있다는 통계가 나왔다. 어린 시절 학교 사회 시간이면 선생님은 늘 우리나라가 세상에 몇 안 되는 단일민족국가이니 자부심을 가져야 한다고 가르쳤다. 당시의 나는 단일민족국가면 왜 자부심을 가져도 되는지 납득이 되지 않아 머리를 싸매곤 했는데, 이 정도면 그것도 옛말이 된 것 아닌가.

　　마주앉은 변호사가 홀로 강산의 변화에 젖어 눈빛에 초점을 잃어갈 무렵, 답답함을 못 이긴 명자 씨가 단도직입적으로 물었다. 도대체 자기 품행이 어디가 단정치 못해 이 나라 국민으로 인정할 수 없냐는 거다. 그러니까 명자 씨는 10년 가량 이 땅에 있으면서 휴지 한 조각 길거리에 버린 적이 없고, 하루 종일 식당일, 청소일, 간병일 해서 번 돈 중 절반은 중국의 가족들에게 보낸 뒤 나머지로 저축도 하고, 연금도 내고, 사정이 딱한 어린이들을 위해 정기적으로 후원도 하였으며, 주말마다 한국의 역사와 문화를 가르치는 수업을 듣는 등 더없이 성실하고 선량한 '국민 1인'으로 살았는데, 뜬금없이 다 큰 어른한테 '품행 불량'이 무슨 똥개 화초 뜯어먹는 소리냐는 것이다.

일단, 나는 명자 씨의 울분에 찬 일갈에 동조했다. 그의 일대기를 찬찬히 들어보면 어지간한 사람은 명함도 못 내밀게 모범적이었다. 대부분의 사람들이 기피하며 남에게 미루기 일쑤인 일들도 군말 없이 도맡아 하는 데다가, 넉넉지 않은 형편에도 얼굴 한 번 본 적 없는 소년소녀 가장 너댓 명의 어머니 역할까지 감당 중이었다. 명자 씨에 비하면 평소의 내 품행은 시정잡배의 수괴급으로 불량한 것 아닌가 하는 자괴감이 들 지경인데, 이 정도 품행도 미진하다면 과연 우리 국민의 품행은 얼마나 단정하단 말인가.

다만, 명자 씨에게는 한 가지 치명적인 약점이 있었다. 그는 사실 10년 전 이 나라에 산업연수생 신분으로 들어왔다가 체류기간이 만료하였음에도 출국하지 않고 그냥 눌러 앉았다. 당시 교제하던 한국인 남자친구가 결혼을 약속하며 '장차 부부가 되어 간단히 영주권을 얻으면 그만인데 아 거 비자 소리 그만하고 잠시만 있어보라'는 말을 입버릇처럼 해댔고, 명자 씨 또한 그 말을 곧이곧대로 믿어 안이한 판단을 해버린 것이다.

그러나 명자 씨의 남자친구는 철석 같던 약속을 손바닥 뒤집듯 저버리고 다른 여자 뒤꽁무니를 쫓아갔다. 이미 불법체류자 신분이 된 명자 씨는 하늘이 폭삭 주저앉는 듯한 실의에 빠졌으나, 새삼스레 중국으로 돌아간들 가난에 허덕이는 가족들을 부양할 방법이 마땅치 않았다. 결국 그는 마음을 굳게 먹고 닥치는 대로 이 일 저 일 하며 이 땅에서의 삶을 이어갔다.

한국 생활 7년째로 접어들 무렵엔 어찌어찌 다른 한국 남자를 만나 석 달쯤 연애 후 결혼에 골인하기도 했지만, 짧은 만남에서 급하게 시작된 부부의 연은 불과 3년 만에 남남으로 환원되고 말았다. 그래도 명자 씨는 이제 이 땅이 내 고향이고 내가 있을 곳이라 생각하며 나름대로 열심히 살았으나, 과거 그가 했던 안이한 판단은 뒤늦게 발목을 움켜쥐고 놓아주지 않았다. 법무부장관은 명자 씨가 상당 기간 불법체류전력이 있는 데다가 그 기간 중 취업이 불가함에도 감히 취업활동을 계속해 근로소득을 얻는 등, 대한민국의 법질서를 무시하고 국가의 질서유지를 저해하여 품행이 단정치 못하므로, 이 나라 국민의 범주에 끼워줄 수 없다고 못 박았다.

...

이 땅에선 행정청이 소관 업무와 관련해 어떤 처분을 할때 상당한 재량이 인정된다. 그래서 주어진 재량권을 남용하거나 일탈하는 정도에 이르지 않는 한 행정청의 처분은 사법심사의 대상이 되지 않는다. 그러니까 행정청이 조자룡 헌창 쓰듯 재량을 마구 남발한 경우가 아닌 한 그의 처분은 적법한 걸로 봐야 한다는 것이다. 이 바닥을 지배하고 있는 법리가 그렇다.

그럼에도 나는 무언가 불합리하다는 생각을 지울 수 없었다. 명자 씨가 체류자격 없이 멋대로 이 땅에 눌러 앉은 건 분명 잘못이긴 한데, 단지 그 사실만으로 이 나라 공동체의 구성원이 될 만한 품행을 전혀 인정할 수 없다는 게 쉬이 납득되지 않았다. 비록 불법체류자 신분이었지만 모두가 꺼리는 공동체의 궂은일을 도맡아 해주었다면, 모두가 깃털만치의 관심도 갖지 않는 공동체의 약자에게 꾸준한 선의를 보였다면, 매일 숨 쉬는 것조차 조심조심 공동체에 피해주지 않으려 노력했다면, 예비 국민으로서 충분한 품성과 행동을 보였다고 해도 될 것 같은데, 일단 불법체류전력에 꽂히고 나니 나머지 사정은 볼 것도 없다는 식의 고압적인 태도가 느껴져 여간 불편한 게 아니었다.

아무도 안 하려는 일, 그러나 누군가는 해야 하는 일을 앞장서서 해주었지만 그가 하필 불법체류자였다면, 칭찬 대신 질서유지를 저해했다 비난받는 게 당연한 것일까?

승산 낮은 소송이 될 게 분명했으나, 그놈의 '품행 미단정'에는 의뢰인도 불만, 나도 불만이었기 때문에 모처럼 죽이 척척 맞았던 우리는 귀화허가신청 거부처분을 취소해달라는 소송을 제기했다. 재판 과정에서는 명자 씨가 이 나라의 법질서를 무시한 것보다 이 나라의 취약 부분을 떠받치는데 얼마나 기여했는지를 살펴 달라 호소했다.

하지만, 결국 명자 씨는 패소했다. 판결문에 적시된 패소의 이유도 매우 간결했다. 귀화허가에 관한 소관청의 재량은 특별한 사정이 없는 이상 존중되어야 하는데, 수년간 불법체류를 해온 명자 씨가 과연 이 나라의 법질서를 준수할 품성과 행동을 보였는지 의심스러워 기왕의 거부처분을 취소할 만한 사정이 없다는 취지였다.

패소 판결문을 받아든 날, 격분하여 날뛴 쪽은 명자 씨가 아니라 오히려 나였다. 잔뜩 상기된 얼굴로 씩씩거리는 조무래기 변호사를 허탈하게 바라보던 명자 씨가 문득 차분한 목소리로 물었다.

"변호사님, 내 이래 살아도 한국 사람 아이 됩니까?"

나는 한참동안 아무 말도 하지 못했다. 명자 씨도 딱히 명쾌한 답변을 기대했던 것은 아니었는지 시선을 옮겨 물끄러미 천장만 바라보았다. 어색한 침묵을 참기 힘들었던 나는 우물쭈물 입을 떼어 아직 항소의 기회도 남아 있고 귀화허가 신청을 다시 낼 수도 있으니 방법을 찾아보자 했다. 그러나 명자 씨는 희미하게 웃더니 이제 그만 됐다고 했다. 자기는 이 나라에 객으로 왔던 건데 객이 주인집 사정은 생각도 안 하고 제 편할 대로 너무 오래 있어 민폐가 많았다는 것이다. 나는 이렇게 출국하면 앞으로 다시 이 땅을 밟기가 힘들어질 수도 있다고 했으나 명자 씨는 중국의 가족들을 못 본 지 참 오래됐다는 말로 답을 대신했다.

이 나라 법조 1번지인 서초동에는 모순인지 필연인지 "법대로 하자"를 외치는 사람이 넘쳐난다. 법원 앞을 지나다 보면 비가 오나 눈이 오나 몸에 피켓을 두르고 억울해 죽겠으니 법대로 해결해 달라 외치는 사람이 적어도 한 명은 꼭 있다. 어쩌다 시국과 관련된 이슈라도 터지면 마치 짜기라도 한 듯이 정반대의 정의正義를 가진 사람들이 우르르 몰려와 대로변 양쪽으로 진을 치고는 서로 "법대로 하자"며 시위를 벌이는 통에 비좁은 동네가 매일 크고 작은 전쟁터로 변한다.

물론, 이 한 몸 건사하기에 여념이 없었던 나는 법대로 하거나 말거나 내 일도 아닌 거, 그저 이방인 같은 자세로 수많은 소요와 혼란을 관망하기 일쑤였지만 어쩐지 명자 씨의 사건을 겪었을 땐 이 바닥 빠꿈이들이 입만 열면 뿜어대는 "법대로", "원칙대로"에 깊은 회의를 느꼈다. 법에 규정된 대로라면 명자 씨는 귀화는커녕 당장 추방당해도 딱히 할 말이 없었을지 모른다. 그렇지만 과연 그렇게 법대로 해서 최선의 결과를 보았다고 할 수 있을까. 법대로 한 결과 정답이 나왔다고 할 수 있을까. 법대로 하였더니 우리 모두의 이익이 증진되었을까 아니면 모두가 손해를 보았을까.

---

* 참고로, 2017년 12월 개정된 국적법은 그 시행규칙에서 '품행 단정'의 요건을 구체적으로 정하도록 하고, 2018년 12월 개정된 국적법 시행규칙은 위법행위 등의 전력이 있더라도 우리 사회에 기여한 정도 등을 고려해 품행 단정을 인정할 수 있도록 함으로써, 종래 말도 많고 탈도 많았던 귀화 허가 신청자의 품행 단정 논란을 일단락시켰다.

한솥밥 식구의 가족 같은 회식

우리가 남이가.

이 땅의 회식은 대체로 쓸데없다.

내가 몸담고 있는 서초동 바닥에서도 이런저런 명목으로 심심찮게 회식이 생기지만 십중팔구는 몹시 쓸모가 없다. 인심 좋게 오가는 술잔에는 찰랑이는 술과 함께 영혼 없는 리액션, 하나 마나 한 잡담, 전략적 딸랑딸랑, 물고 물리는 허세와 훈수 따위가 가득 채워져 있다.

매번 '한솥밥 먹는 식구'끼리 친목을 도모한다거나 지위 고하를 떠나 '가족 같은' 분위기를 형성한다는 식상한 타이틀을 내걸고 개최되지만 이 바닥의 현실은 엄연히 네 솥과 내솥이 나뉘어 있다. 직위, 경력, 연배 등에 따른 피라미드식 서열 질서를 삭제하면 모두가 옆집 아줌마, 아저씨에 불과한 이곳에서 인터넷으로 배운 건배사나 외치고 다 함께 와르르 박수나 치는 회식이 어떻게 어머니가 되어 우리를 한 가족으로 영도한다는 건지 나는 이해할 수 없었다.

특히 오늘은 무척이나 어렵고 불편하고 번거롭고 뭐 그렇고 그런 점심 식사가 예정되어 있었다. 신입 소속 변호사부터 대표 변호사까지 두루두루 참석하는 일종의 점심 회식 같은 자리였다. 일단 자리의 성격 자체만으로도 나 같은 말단에 반골은 불편하다. 그래봤자 내가 회식 자리에서 이러쿵저러쿵 대화를 주도할 입장도 아니니 그저 밥그릇에 고개 박고 꾸역꾸역 먹다가 눈치껏 아무 리액션이나 던지고 말아야지 하고 있는데, 하필 오늘따라 어르신들 오가는 말씀이 안 그래도 배배 꼬인 내 심기엔 퍽이나 터무니없었다.

꾸덕꾸덕하게 말라 있던 입안에 어느 정도 술기운이 돌고 나니 자식 둔 부모들의 대화가 늘 그렇듯이 이번에 누구누구의 아들내미 딸내미가 신림동 국립대에 들어갔다는 얘기가 흘러나왔다. 처음에야 "아이고, 대단하시네. 축하드립니다"와 같은 교과서적 멘트가 구름처럼 떠다녔지만 이후 한 마디씩 더해지는 주변 사람들의 말은 차츰 경쟁적인 자식 자랑으로 변모했다.

갑: 아니 근데 그 집 아드님이 ○○외고 나왔다면서요? 허허, 우리 작은 애도 이번에 거기 들어갔는데 곧 신림동에서 둘이 만나겠습니다? 아 참, 우리 큰애는 △△외고 3학년 이고요. 으핫핫핫.

을: 아 거 ○○외고 역사를 만든 1회가 우리 딸내미요, 허허. 애가 어찌나 욕심이 많은지 대학을 '누욕'으로 가버려서 내가 그거 학비 대느라 피똥 쌌습니다.

병: 아유 선배님들, 저희 애는 이번에 □□국제중에 들어갔 는데 여기 나와서 ○○외고 거쳐 신림동 국립대 가는 거 는 요즘 기본 코스라고 하더라고요. 먼저 가신 분들이 길 좀 잘 닦아주십시오. 하하하.

그러니까 저 말들은 결국 '내 새끼가 이 바닥 끝판왕이니 까 니들은 우쭐대지 말고 어서 빨리 나를 몹시 부러워해라' 라는 속내를 매우 점잖게 표출한 것이었다. 나는 마음속 깊 은 곳에서 우러나오는 한심함을 꾹꾹 누르며 "우와 우와"를 연발하다 나중에는 소리 내는 것마저도 귀찮아져 입만 뻐끔 거리는 립싱크로 대신했다.

그럼에도 모처럼 시작된 자랑 릴레이에서는 1980년대 올 림픽 탁구처럼 끝없는 핑퐁이 오갔다. 당시 식탁에 대자로 누워 있던 고등어의 고소한 기름내는 어느새 차가운 비린내로 바뀌어갔고 그 모습이 못내 안타까웠던 나는 하염없이 생선 눈알만 쳐다보았다.

어차피 무자식 상팔자인 나는 이미 '아들딸'을 경주마로 삼은 그들만의 레이스에서 이탈한 지 오래라 대화에 끼어들 주제도, 깊이 생각해볼 여지도 전혀 없었다. 다만 어쩐지 드라마 〈SKY캐슬〉(무려 '입시 스릴러'라는 대단히 신박한 콘셉트를 표방했다)로 대박을 친 제작진의 빛나는 통찰력을 조금이나마 이해하게 된 것 같았다.

'그들만의 레이스'를 겪어보지 못한 사람이 일견하기에 이 드라마는 몹시 터무니없는 것이었다. 극 중 입시 카운셀러 선생님과 수험생 모친께서는 살인, 뇌물, 업무방해, 강요, 폭행, 협박 등 형법전에 등장하는 어지간한 죄들을 편식 없이 골고루 범하는 기염을 토한다. 최소 10년 이상 큰집 살며 콩밥을 오도독오도독 씹어 잡수셔야 할 중범죄를 코 후비듯 가볍게 실행하시는 분들이 그 정성으로 목표한 바가 고작 자식새끼 서울대 의대 입학이라는 점이 나는 너무나 의아했다. 그런데 알고 보니 이 땅의 부모 마음을 단칼에 꿰뚫은 제작진의 깊고 깊은 통찰력을, 우매한 내가 제대로 이해하지 못했던 거였다.

한바탕 자랑 탁구가 이어진 뒤 잠시 소강상태였던 회식은 더욱 쓸모없는 허세 레이스로 막판 활기를 띤다. 이를테면 누군가가 이번에 새로 오픈한 회원제 골프장에 갔는데 잔디가 좋아서 그런지 드라이버가 스치기만 해도 공이 300을 날아갔다고 하자, 마주 앉은 사람이 질세라 자기가 얼마 전 외국 출장길에 비바람을 뚫고 골프를 쳤는데 한 방에 홀컵을 관통해서 돼지머리 올려놓고 몇 번을 절했다는 둥 하는 식이다. 하지만 내가 보기엔 잔디 덕에 스쳐도 300인 분이나 외국 출장길에 비바람을 뚫고 기어이 돼지머리를 사 오신 분이나 모두 이 세상 사람은 아닌 게 분명했다.

식구의 화목이라든가 가족의 유대 같은 거창한 주제와는 1도 관계없이 누군가의 입에서는 소리 없는 아우성이 반복되고 누군가의 입에서는 아직도 태산같이 남은 허세가 쏟아지고 그렇게 보이지 않는 벽으로 촘촘히 구분됐던 회식은 점심시간이 훨씬 지나 "조만간 또 식사들 같이 하십시다"라는 멘트와 함께 끝이 났다. 하지만 '조만간'이 언제가 될지 아무도 알 수 없고 '조만간' 다시 모이는 걸 아무도 원치 않으며 이런 사실을 모르는 사람 또한 아무도 없다. 모두 짐짓 아쉬운 표정을 지은 채 다음에는 이거 하자 저거 하자 호들갑을 떨며 자리를 털고 일어나도 일터로 복귀하면 언제 그랬느냐는 듯이 몹시 어색하고 뻘쭘한 사이로 돌아간다.

대학생 시절 한 회사의 인턴으로 잠시 근무할 적에 어느 날인가 오늘과 비슷한 회식이 벌어졌다. 나는 마음 편히 먹고 싶은 거 많이 먹으라는 부장님 지시를 충실히 따라 말없이, 하지만 빠른 속도로 접시들을 싹싹 비우고 있었다. 그때 선배 한 명이 내 뒤통수에 대고 지리도록 통렬한 한마디를 던지고 갔는데 옷깃에라도 적어놓고 두고두고 새겨야 할 명언이라 생각한다.

"야, 정신 차리고 외근 똑바로 해."

일이란 기도 같은 것

더 이상 아무 일도 일어나지 않기를.

나는 원래 '일 중독'이라는 말을 믿지 않았다. 아니, 세상에 중독될 거리가 얼마나 많은데 원초적인 재미라든지 쾌락 같은 개념과는 어쩐지 영 동떨어져 보이는 '노동'에 중독되어 산단 말인가. 깊이 따질 필요도 없이 그냥 '상식적으로' 말이 안 된다고 생각했다. 하지만 과연 세상은 넓고 사람은 다양한 법이라, 학교 밖 직장인의 생존 그라운드에서 나는 상식의 범주를 크게 벗어난 사람을 목격하게 되었다.

우리 사무실에서 볕이 가장 먼저 드는 동쪽 끄트머리쯤에 둥지를 틀고 있는 동료 변호사는 매일 아침 첫차로 출근해 다음 날 퇴근할 정도로 몹시 인간적인 면모가 부족한 친구였다. 회사 사람들은 도대체 집에는 언제 가는지, 혹시 집이 없는 건 아닌지 갖은 의혹을 불러일으킨 채 일만 해대는 그를 가리켜 '일만이'라고 불렀다.

영화 〈위 워 솔저스〉We were soldiers를 보면 주인공(멜 깁슨)이 부하들을 불러 모은 다음 "내가 가장 먼저 적진으로 달려갈 것이고 가장 마지막에 나올 것이다"라며 세상 멋들어진 훈시를 하는 장면이 나오는데, 일만이가 딱 저랬다. 아니, 일만이는 한술 더 떠서 가장 먼저 적진으로 달려가 아예 눌러앉았다. 어쩌다 한 번쯤 이른 새벽에 출근했을 때도, 언젠가 한번 동이 틀 무렵 퇴근했을 때도, 토요일도, 일요일도, 그냥 빨간 날도 일만이는 항상 사무실에 있었다. 이 시간에 사람이 있을 리 없다는 확신이 들기가 무섭게 사무실 한편에서 꿈틀거리는 그의 실루엣이 보였다. 각 팀에서 나름 부지런하다 소리 좀 들어본 사람들은 '일만이 재끼고 출근 1등 하기'로 내기도 했으나 여태 승자는 나타나지 않고 이월된 내깃돈만 차곡차곡 쌓여갔다.

도대체 매일 무슨 일을 그렇게 하느냐고 물으면 일만이는 씩 웃으며 "그냥 제가 할 일을 다 못해서요"라고 답했지만, 내가 보기에 그는 주어진 일 따위 진작 다 끝낸 다음 스스로 다른 할 일을 계속 낳고 있는 것이 분명했다. 처음에는 오

해도 했다. 일만이가 매우 의뭉스러운 사람이라 생각한 것이다. 있는 일, 없는 일 다 끌어모아 '열일'하는 이미지를 창조함으로써 보스들에게 열심히 하는 귀염둥이로 인정받으려는 강렬한 욕망을 가진 줄 알았다. 하지만 옆에서 1년 가까이 관찰해보니 일만이는 죽어라 일만 할뿐 "암요. 그럼요. 그렇고말고요" 같은 기본적인 딸랑딸랑도 할 줄 몰랐고 항상 흐릿한 초점의 눈동자에는 욕망 대신 피로만이 가득했다.

이른바 '웰빙 라이프'라든지 '욜로'의 바람이 불기 시작하면서 이 땅의 직장인들에게도 '저녁이 있는 삶'의 로망이 생겼다. 대세를 간파한 회사들은 저녁이 있는 삶을 누리게 해주겠다는 선전 문구로 직원들의 충성심과 업무효율을 낚아올리던데, 일만이에게 저녁이 있는 삶 얘기를 꺼내면 평소답지 않게 매우 시니컬한 반응이 돌아왔다.

"배부른 소리네요. 나인 투 식스 따박따박 찍어가며 일해도 월급 주는 데가 있나. 워라밸이니 라퀼이니 하는 거 사실 알고 보면 다 살 만한 사람들이나 하는 소리예요."

아주 틀린 얘기는 아니라고 생각했다. 내가 보기에도 아직까지 이 나라 직장인에게 저녁이 있는 삶은 일상이 아니라 특별한 혜택처럼 주어지는 것이었고 이 동네 변호사들 또한 사정은 마찬가지였다. 모두가 저녁이 있는 삶을 갈구하지만 그건 어디까지나 희망 사항일 뿐 모두의 현실에 저녁은 없었다. 먼저 칼퇴하던 보스가 "자네들도 얼른 퇴근해. 사람이 저녁 있는 삶을 살아야지"라며 배려 돋는 멘트를 던진들 체면치레 이상의 의미는 없었다.

그렇게 내 머릿속 일만이의 이미지는 '냉정한 현실 인식을 가진 워커홀릭' 정도로 굳어졌다. 세상엔 어딜 가도 예외라는 게 꼭 하나씩은 있는 법이니까 내 상식 밖의 사람도 존재한다는 걸 인정하지 않을 수 없었다.

...

그러던 일만이가 갑자기 서초동 송무 바닥을 떠났다. 이직을 한 것도 아니고 숫제 아침, 점심, 저녁이 모두 있는 삶으로 돌아갔다. 언젠가 술자리에서 재회한 그는 이제 더 이상 첫차 타고 출근했다 첫차 타고 퇴근하는 일을 하지 않아 좋다고 했다. 나는 그동안 받아먹은 지하철 얼리버드 할인이 그립지 않느냐며 속히 돌아오라 회유했지만 일만이는 결연한 표정으로 답했다.

"200원쯤 할인받고 200일쯤 덜 살게 될 거 같아요. 이제 그만하려고요."

일만이는 모두의 예상과 달리 일 중독자가 아니었다. 그는 단지 이 바닥의 씁쓸한 실상에서 갖은 상처를 받은 사람이었다. 일만이는 나름대로 청운의 꿈을 안고 변호사가 되었으나 어려운 업계의 현실은 그에게 무엇 하나 보장해주는 것 없이 숱한 좌절만 경험하게 했다. 의욕 넘치던 새내기 시절의 첫 직장은 실무 수습(로스쿨을 졸업하고 변호사 시험에 합격한 새내기 변호사는 법무법인 등 법률사무종사기관에서 6개월간 의무적으로 실무 수습을 받아야 한다) 중이라는 이유로 열정페이만 쥐여주다 수습 종료 무렵 채용 계획이 없다면서 일만이를 내쳤다. 어렵사리 얻은 두 번째 직장에서 일만이는 첫 직장의 실패를 만회하려 누구 못지않은 열정을 보였지만, 불과 몇 달 만에 모시던 보스가 의뢰인의 에스크로escrow(상호 신용 관계가 불확실할 때 제3자가 대금을 보관하다 일정 조건 충족 시 지불하는 것인데, 종종 변호사가 제3자 역할을 맡기도 한다) 계좌에 손을 댔다가 쇠고랑을 차는 바람에 다시 길거리에 나앉았다. 세 번째 직장에서는 일만이를 고용하기가 무섭게 멋대로 구성원 변호사(법무법인의 설립과 유지를 위해서는 일정 수 이상의 구성원변호사가 필요한데, 이들은 법인의 업무에 관해 막중한 책임을 부담한다) 등기부터 채워 넣으려다 일만이가 반대하자 '그럼 함께 일하기 어렵겠다'며 내쫓았다.

꼭 성공해서 복수하렴…….

다른 사람 같으면 복장이 터져도 열두 번은 터졌을 일들을 겪었음에도 마냥 순하고 우직했던 일만이는 스스로의 부족함을 탓했다. 그는 네 번째 직장으로 우리 사무실을 택하면서도 어쩐지 자꾸만 살아나는 씁쓸한 기억과 불안감을 지우고자 열일만 했다. 일이 좋아서도 아니고 매일 감당키 어려운 양의 일거리가 따라다니는 것도 아니었지만 잡념을 떨쳐버리고 뭔가 매진할 것이 필요했단다. 그러니까 일만이에게 일이란 그냥 기도 같은 것이었다. 이제 더 이상 아무런 일도 일어나지 않기를, 이제는 좀 남들처럼 순탄한 직장 생활을 하게 되기를 빌고 또 비는 일종의 기도 말이다.

그렇게 죽을 둥 살 둥 일만 하며 막연한 불안감을 떨쳐내던 일만이의 인내심은 결국 1년 뒤 모두 소진됐다. 아무리 정성 갸륵한 기도라도 100일이든 108번이든 끝나는 때가 정해져 있는 법인데, 일만이는 남들의 서너 배쯤 되는 엄청난 인내심으로 기약 없는 기도를 계속해온 셈이다.

나는 남의 속내도 모르고 워커홀릭이니 핵노잼이니 멋대로 설레발쳤던 걸 반성하며 잠자코 일만이의 건승을 빌어주기로 했다.

취미가 꼭 있어야 하나요

아무것도 하지 않는 게 취미입니다만.

　노곤한 5월의 어느 주말, 나는 사지를 쭉 뻗은 채 아무것도 안하고 있었다. 원래 오전 시간을 효과적으로 활용하는 스타일도 아니긴 했지만, 역시 주말 하루쯤은 허리가 부러질 듯한 고통을 즐기며 줄곧 누워 있어줘야 삶이 윤택해지는 법이니 내 게으름에는 제법 합당한 이유가 있었다.

　그렇게 시간 가는 줄 모르고 이 자세, 저 자세로 혼절해 있는데 갑자기 귓가에 아스라이 노래 소리가 들린다. 처음엔 한 사람이 흥얼흥얼거리는 정도였던 것이 차츰 화음이 쌓이며 어느 순간 합창으로 변신해 천장에서 쏟아질 듯 울린다. 윗집의 모임 시간은 늘 이렇게 활기차다. 비록 얼굴 한 번 본

적 없지만, 대여섯 명쯤 되는 아주머니들이 각자 양껏 쌓아 올리는 화음 정도는 이제 드러누운 채 귀만 열고 있어도 쉽게 구별할 수 있었다.

내가 이사 오기 전, 부동산 사장님은 우리 집의 장점을 이렇게 설명했다. '문을 열어 놓으면 유려하게 펼쳐진 산줄기가 감싸 안아주는 곳', '봄에는 형형색색 꽃이 만발해 집안 구석구석 화사함이 묻어나는 곳', '아침이면 영롱한 새소리가 살며시 잠을 깨우는 곳', 이른바 '산세권' 귀한 매물!

물론 나는 '산세권'이 뭘 뜻하는지도 잘 몰랐지만 왜인지 머릿속에선 '내셔널지오그래픽'에나 나올 법한 맑고 깨끗한 풍경이 재생되었다. 그 길로 귀를 펄럭거리며 좋아라 계약을 체결했건만…… 영락없이 부동산 사장님에게 농락당한 꼴이 됐다. 그러니까 우리 집은 문을 열면 바로 앞에 산이 있기는 한데 녹색 대자연의 그 산이 아니라 회색 콘크리트 치덕치덕한 옹벽산이 감싸 안고 있었다. 봄에는 형형색색 꽃이 피기는 피는데 깎아지를 듯한 옹벽 틈새로 아슬아슬하게 피는 바람에 화사함 대신 아찔함이 묻어났다. 또 뭐랬더라, 아 영롱한 아침 새소리…… 가끔 베란다에서 비만비둘기가 소화불량으로 꾸룩꾸룩거릴 때는 있었는데, 그마저도 이웃의 우렁찬 층간 소음에 금세 사뿐히 지르밟혔다.

잿빛 옹벽산이나 아찔한 꽃송이, 뚱보 비둘기 같은 건 눈 감고 안보면 그만이라 그런대로 참을 만 했지만, 윗집의 모임 시간은 내가 이 집을 뛰쳐나가지 않는 한 피할 방법이 없었기 때문에 어느새 큰 스트레스로 자리 잡았다. 주말 오전마다 윗집에서 펼쳐지는 광경을 실제 목격한 적은 없으므로 대체 무슨 소동이 일어나는지 정확히 알 수는 없었다. 하지만 늘 우당탕탕 의자와 테이블 따위를 옮기는 소리로 시작해 다 함께 화음을 쌓아가며 노래를 몇 곡인가 부르고, 이어서 누군가 한껏 격앙된 목소리로 뭔가를 낭송하더니 갑자기 다같이 엉엉 울고, 잠시 차분해졌다가 다시금 왁자지껄 수다와 웃음소리가 들렸다. 벌써 몇 달째 이웃의 다이내믹한 오전 행사에 비대면으로 참석당하면서 적지 않은 고통을 겪었으나 오프라인 쫄보 주제에 쫓아 올라가서 싫은 소리할 용기는 없었고, 절이 싫으면 중이 떠나는 법이건만 새로운 절간을 구하기엔 이미 중이 짊어진 속세의 대출금이 너무 많았다.

억지로 일어나서 한참 구시렁거리고 있었더니 짜증이 풀리기는커녕 더욱 스트레스가 가중되는 것 같았다. 결국 바람이라도 좀 쐴 겸 해서 밖으로 나왔다. 얼굴엔 온통 베개 자국이 그어져 못생김이 역대급을 갈아치우고 있는 것 같았지만 기분 탓으로 치부했다. 옹벽산 자락 따라 하산하던 중 날씨가 너무 좋아서 중턱쯤에 있는 놀이터 벤치에 잠시 앉았다. 사실은 놀이터 그네를 타려 했지만 모자를 눌러쓴 꾀죄죄한 행색의 나를 수상히 여긴 경비원이 '거 애들 타는 그네 어른이 앉으면 망가져요'라며 핀잔을 주는 바람에 우물쭈물 자리를 옮겨 벤치에 앉았다.

놀이터에 앉아 물끄러미 사람 구경이나 하고 있었더니 화창한 주말을 맞아 그동안 쌓인 스트레스를 날리려는 듯 취미생활을 즐기러 가는 사람들이 많이 보였다. 영문 이니셜 새겨진 유니폼 맞춰 입고 야구하러 가는 꼬맹이들, 자동차 머리에 각종 장비 질끈 동여매고 어디론가 캠핑 떠나는 가족, 화려한 야광 쫄쫄이에 두툼한 말벅지 내놓고 오늘 페달 좀 부수자며 전의를 불태우는 자전거 동호인 등. 문득 내 취미는 뭐였는지 궁금해졌다. '나 주말에 뭐했더라.'

한동안 궁리를 해봤지만 그다지 떠오르는 것이 없었다. 아니, 나는 딱히 즐기는 취미랄 게 없었다. 학생 시절에는 뭔가 몰두하던 취미가 한 두 가지씩은 꼭 있었는데 지금은 그 시절 취미에 모두 흥미를 잃었다. 수업도 건너뛰고 매일 PC방에서 기숙하며 한 판만 져도 종일 씩씩대곤 했던 게임은 희한하게도 서른 살이 되면서부터 딱 끊었다. 아무리 만렙을 찍고 승수를 쌓아도 내 현실 레벨과 전혀 무관한 온라인 위용이 어쩐지 부질없다 싶었고, 무엇보다 예전 같은 승부욕이 일지 않았다. 바람 빠진 공이나마 하나 던져 주면 달랑 10분 쉬는 시간에도 떼로 몰려나가 흙먼지를 뒤집어쓰고 즐기던 공놀이 역시 그만두었다. 떼로 몰려다니며 공을 차 줄 친구들이 더 이상 주변에 남아 있지 않기도 했지만, 이제는 10분만 뛰어다녀도 숨이 턱에 차 게거품이 일렁이는 비루한 몸뚱이가 더 큰 문제였다.

직장인 라이프를 살게 되면서 절반쯤은 '업무상의 필요'에 따라 시작했던 취미도 있었으나 역시 금세 흥미가 사라졌다. 변호사 꽤나 찾을 법한 고객님들은 다들 골프장에서 죽치고 산다길래 쫄래쫄래 쫓아가도 보았지만, 남들이 공 치고 앞으로 나갈 때 나는 늘 뒤에서 공 놔두고 땅이나 파는 똥손인 게 함정이었다. 게다가 어째서인지 골프장에만 들어서면 모두가 이 나라 부와 권세를 혼자 거머쥔 양, 잘 나가는 사장님, 회장님 행세를 하며 건들거리는 모습이 꼴 보기 싫어 흥미를 잃었다.

그래서 누군가 취미가 뭐냐고 물으면 그다지 할 말이 없었다. 솔직한 심정으로는 한가할 땐 그저 아무것도 안 하고 멍하니 사람이나 구경하는 게 좋은데, 그렇다고 '아무것도 안 하는 취미가 있는데요'라고 하면 물어본 사람한테 싸우자는 것 같고, '사람 구경을 즐기는 편이죠'라고 하면 어쩐지 변태 같아서, 그냥 특별히 취미는 없고 이것저것 해보면서 찾는 중이라는 식으로 에둘러 말한다.

이렇게 얘기하면 짐짓 걱정스런 표정을 지으며 '무슨 사람이 취미도 하나 없이 재미없게 사느냐'라는 둥, '아니 벌써부터 그렇게 무기력해서 어떡하냐'라는 둥 안타까워 해주는 사람이 꼭 있다. 취미는 그저 재미로 즐기려고 하는 거니까 내 취미가 다른 사람으로부터 인정받거나 공감을 얻어야 할 필요는 없고, 꼭 누구나 다 알 법한 취미 하나씩 가지고 살아야만 하는 것도 아니니까, 결국 저런 말들은 염려라기보다 오히려 다소 폭력적인 셈이다.

혼자서 묻고 답하고 결론 지어가며 한참 사람 구경을 했더니 어느 순간부터 '내가 왜 밖에 나와 있었지' 하는 의문과 함께 다이내믹한 이웃에게서 받은 스트레스가 어느 정도 사라져 있었다. 신경이 곤두섰을 땐 역시 이만한 게 없다. '멍 때리기 대회'는 괜히 생겨난 게 아니다.

주섬주섬 엉덩이를 털고 집에 돌아가기로 했다. 이웃의 감성 폭발 오전 행사도 이제 그만 끝나 있길 바랐다. 다시금 옹벽산을 엉금엉금 기어올라 때마침 도착한 엘리베이터를 타려는데 안에서 두꺼운 책자 하나씩을 손에 든, 어쩐지 목소리가 낯익은 아주머니들이 우르르 내렸다. 이 사람들이다. 확실하다. 순간적으로 '댁네 행사로 인해 제 취미생활에 많은 애로가 있습니다'라며 유감을 표할 뻔했지만, 꾹 참고 살펴 가시도록 길을 비켜드렸다. 생각해보면 저분들도 각자 취미생활 한 셈 아닌가.

다소 우여곡절이 있었지만 나는 다시 주말 취미생활 시간을 가질 수 있게 되었다. 산, 꽃 그리고 뚱보 비둘기와 함께하는 아무 것도 안하는 내 취미생활.

'전 괜찮으니 그 염려는 넣어두세요. 어차피 염려라 해놓고 뼈 때릴 거잖아요.'

승진 없는 회사를 다니고 있습니다

그렇다고 모두가 평등한 곳은 아니고요.

유난히 푹푹 찌던 어느 여름날 오후, 나는 뙤약볕에 녹아 내린 쭈쭈바처럼 사무실 한편에 축 늘어진 채 사지를 흐늘거리고 있었다. 더운 건 질색이다. 가만히 있어도 몸속 구석구석 땀방울을 뽑아내면서 금세 체력을 갉아먹고 이내 잠이 쏟아지게 만든다. 한겨울 추위는 뭐라도 껴입고 또 껴입다 보면 어느 순간 참을 만하던데, 한여름 더위는 피부까지 홀렁 벗어놓지 않는 한 가실 줄을 모른다.

우리 회사가 세 들어 있는 빌딩의 인텔리전트함은 에너지 절약 측면에서도 발군이라, 오후 6시가 되자마자 냉큼 에어컨부터 꺼버렸다. 나는 홈쇼핑으로 산 냉풍기를 부둥켜안

앗지만 이 고물딱지에선 냉기 대신 습기 잔뜩 머금은 끈적한 바람만 실실 새어 나왔다. 어쩐지 꼬질꼬질한 냄새도 나는 것 같았다. 분명 광고에서는 모델들 안색이 창백해질 정도로 '미친 냉풍'이 쏟아져 나온다고 했는데 이 정도면 거의 사기다. 홈쇼핑 광고 속 모델들의 안색이 창백했던 건 상품의 어이없는 성능과 그보다 더 어이없는 광고 멘트에 질렸기 때문이 분명하다.

뜨거운 선풍기와 끈적한 냉풍기 사이에서 하염없이 녹아내리고 있을 때쯤 오랜 고객 회사의 법무 담당 박 과장이 예고도 없이 찾아왔다. 흐늘거리는 몸을 반사적으로 일으켜 세운 뒤 "아이고 박 과장님, 갑자기 어쩐 일이세요?"라고 물었더니 그는 손사래를 치며 "아이, 저 이제 옛날에 알던 그 사람 아닙니다. 오늘부터 박 차장이에요. 하하. 승진 인사차 들렀습니다"라고 답했다.

나는 '만년 과장' 설움을 안고 회식 때마다 만취한 채 가사 태반이 쌍욕인 노래를 완창하던 그의 모습을 떠올리며 진심으로 축하한다는 인사를 건넸다. 박 과장, 아니 박 차장은 한껏 어깨를 추켜올리더니 "저희 회사는 차장급부터 관리자라…… 앞으로 미팅할 때는 제 부사수 김 대리 아시죠? 그 친구가 저 대신 찾아올 겁니다. 계속해서 잘 좀 부탁드릴게요."

라며 자신의 달라진 위상을 꼼꼼히 알려주었다. 그러고는 이내 다음 인사치레를 하러 가야 한다며 허둥지둥 잡동사니를 챙겨 들더니 언젠가 내 승진 소식이 있으면 꼭 알려달라는 당부인지 덕담인지 가늠키 어려운 말을 남겼다.

...

나는 간만에 의기양양한 박 차장의 모습을 바라보며 한편으로는 부럽기도 하고 또 한편으로는 씁쓸한 기분에 젖었다. 그는 잘 몰랐겠지만 우리 회사엔 딱히 승진이랄 게 없다. 우리뿐만 아니라 이 동네 법무법인들 대부분이 비슷할 것이다. 이른바 '직위'를 기준으로 이 동네 로펌 변호사를 대별하면 딱 두 부류밖에 없다. '구성원 변호사' 혹은 '파트너 변호사'로 불리는 부류와 '소속 변호사' 혹은 '어쏘 변호사'로 불리는 부류가 그것이다.

엄밀한 의미의 '구성원 변호사'는 해당 로펌에 자본금을 출자하고 그 비율에 따른 지분을 가지며 법인 등기부에 구성원으로 등기되어 있는 사람을 말한다. 적어도 자기 지분 한도 내에서는 오너owner의 지위에 있으므로 로펌 운영과 관련된 각종 의사결정에 직접 참여할 수 있고 소속 변호사를 지휘·감독하기도 하며 다른 구성원 변호사와는 우리가 흔히 아는 동업과 비슷한 파트너십을 이룬다(외국 로펌 혹은 국내 로펌의 영문 상호를 보면 사람 성을 여럿 갖다 붙여놓은 것을 볼 수 있는데, 대체로 해당 로펌을 설립한 구성원 변호사들을 뜻한다).

반면 소속 변호사 혹은 어쏘 변호사는 해당 로펌과 근로계약을 체결하고 고용되어 월급을 받는 사람이다(그래서 '고용 변호사'라고도 불린다). 소속 로펌의 지분을 보유하지 않고 당연히 구성원 등기도 되지 않으며 그 실질에 있어서는 여느 회사의 샐러리맨과 크게 다르지 않다. 여기서 '어쏘'는 'Associate'를 편할 대로 줄여서 부르는 것이다. 사전적 의미는 '동료'라고 되어 있지만 세상의 현실은 늘 생각보다 불편한 법이라 실제로는 거대한 기계의 톱니바퀴처럼 언제든 교체 가능한 부품 취급을 받기도 한다.

구성원 변호사와 소속 변호사는 해당 로펌의 운영 방침에 따라 혹은 각 구성원들의 경제적 여력 등에 따라 일대일, 일대다, 다대일, 다대다 중 어떤 식으로든 고용 관계를 형성할 수 있다. 그러니 소속 변호사 입장에서는 자기한테 월급 주고 일도 주는 한 명 혹은 수 명의 구성원 변호사가 곧 회사 사장님인 셈이지만, 구성원 변호사는 소속 변호사가 승진을 거듭한 결과 얻게 되는 직위라 할 수 없다.

물론 소속 변호사가 조직 안에서 일도 열심히 하고 평판도 잘 유지하고 출중한 영업력에 자본금 출자 여력까지 다 갖춘 상태로 구성원 노릇 하길 원한다면 기존 사장님들의 냉정한 평가와 심사를 거쳐 그들만의 세계에 편입될 수 있다. 그런 면에서는 '승진'이라고 할 수도 있겠다.

하지만 여러 번 강조했듯 구성원 변호사는 아무리 로펌이라는 틀 안에 모여 있더라도 근본적으로 각자, 직접 영업해 사건을 수임하는 등 수익을 창출하고 각종 비용도 부담하는 자영업자와 같다. 그래서 월급 받던 소속 변호사가 어느 날 구성원 변호사로 거듭난다면 거칠게 표현해 샐러리맨이 그 생활을 청산하고 자영업 선언을 한 셈이지, 정해진 직제에 따라 더 높은 봉급과 더 많은 권한이 보장된 상급직으로 승진한 경우와 같다고 볼 수 없다. 게다가 새로운 구성원 변호사의 탄생은 소속 변호사의 성장보다는 외부 영입을 통해 더 많이 이뤄진다.

로펌에 따라서는 변호사의 직위를 단순히 파트너와 어쏘로 이분하는 데 그치지 않고 다시 주니어급, 시니어급으로 나누거나 선임, 수석, 총괄 등으로 구분해 부르기도 하는데, 대체로 정식 직제 규정 없이 편의상 갖다 붙인 것에 지나지 않다. 따라서 이런 비편제 직위를 가졌다 하더라도 그가 이 바닥 선배임을 대내외적으로 표시하는 의미 외에 더 큰 지휘·감독 권한이 생기는 것은 아니고 당연히 승진했다고 표현하기도 어렵다.

이런 까닭에 내가 이 바닥 생활을 하면서 만난 수많은 대리님들이 과장님, 차장님 되고 그 과장님, 차장님 들이 다시 부장님, 이사님 되는 동안 정작 나는 단 한 번도 승진해본 적이 없다. 이렇게 표현하니까 내가 세상 못난 직딩 같아 불현듯 자괴감이 용솟음치지만 사실이 그렇다. 아니 뭐 승진하고 싶어도 승진할 게 없는걸. 이러다 어느 순간 월급쟁이가 싫어져 자영업 선언하면 그때쯤 승진했다 치고 박 차장에게 기별을 보내면 되는 걸까.

승진이라는 개념 자체가 희미한 곳에 있다 보니 이점도 있다. 우선 나와 직접적인 고용 관계를 맺고 있는 구성원 변호사 외에는 회사에서 딱히 눈치 볼 사람이 없다. 이 바닥에 먼저 들어왔다 해서 완장 차고 선배질을 할 수도 없고 반대로 늦게 들어왔다 해서 이래라저래라 선배질을 당하지도 않는다. 그래서 꼴 보기 싫은 '윗대가리'님 잡수실 커피에 슬쩍 '칵 퉤' 건더기를 뱉어 넣을 일도 별로 없다.

남보다 빨리 승진해보겠다고 아등바등할 필요도 거의 없다. 사실은 전혀 애정하지 않으면서 회식 때마다 부장을 향해 세상 절절한 러브 시그널을 보낼 필요도 없고 딸랑이랍시고 되도 않게 소화기 카메라니, 옷걸이 마이크니, 갑 티슈 비둘기 따위 소품을 챙길 필요도 없다. 그럴 정성은 인생이 다사다난해 매일이 소송거리인 단골 고객님한테나 쏟는다.

이 나라 직딩의 스트레스는 대충 잡아도 수백 가지는 될 테지만, 승진 경쟁만큼 정신력이 격하게 소모되는 스트레스도 없는 것 같다. 가끔 동창들을 만나 각자 사는 얘기를 깨알같이 쏟아내다 보면 서로 직장에서 얼마나 잘나가는지 자랑하는 코스가 빠지지 않는다. 다들 어느덧 10년쯤 직딩물을 먹다 보니 승승장구해 그럴듯한 자리 하나 꿰차보려는 마음이 제법 생겼기 때문인 듯하다. 빠른 승진을 거듭 중인 친구야 이 밤을 다 새우더라도 무용담이 끊일 리 없지만, 이미 두어 번 승진에서 미끄러진 친구는 어쩐지 풀이 죽어 온 얼굴이 씁쓸하다. 네놈들이 승천하느라 지르밟은 건 강산이 변하도록 제자리인 나 같은 사람들이니 고개 숙여 감사하라고 농지거리도 던져봤지만 이 친구에겐 아무래도 소용이 없었다. 간담이라도 내줄 기세로 새빠지게 일했건만 승진 대상에서 쏙 빠졌을 때의 자괴감이라든지, 술자리에서 알랑거리는 거말고 도대체 잘하는 게 없어 뵈던 허접쓰레기가 초고속 승진했을 때의 패배감이란 이렇게 무섭다.

이 정도면 정신 복지는 괜찮은 편 아닌가.

다 늦은 시간에 굳이 인사를 다닐 만큼 잔뜩 신이 나 있던 박 차장도 그동안 승진에서 물먹을 때마다 자괴감이나 패배감 따위에 적잖이 시달렸을 것이다. 어디 가서 시원하게 풀어내지도 못할 속내를 안고 여지껏 버텨낸 끝에 결실을 보았으니 다행이긴 한데, 다음번 승진 스트레스는 또 어떻게 극복할지 주제넘은 걱정이 앞섰다.

그리고 보면 나는 이런 유의 스트레스에서 일찌감치 벗어났으니, 다른 건 몰라도 우리 회사의 정신 복지는 그럭저럭 괜찮은 편이라 해줘야 하는 건가?

오세요, 오세요. 승진 없는 속 편한 직장!

생면부지의 동병상련

'생계형 변호사'라는 짠내 나는 필명을 걸고 잡소리를 늘어놓게 된 건 순전히 재미 때문이었다.

좋든 싫든 꼬박꼬박 이 바닥 짬밥을 먹다 보니 어느덧 나는 월급쟁이에서 퇴출되어 어엿한 자영업자로 거듭나야 할 위기에 몰려 있었지만, 내 주변에 하루가 멀다 하고 사고 치는 고마운 지인은 단 한 명도 없었다. 게다가 태생이 '만렙' 아웃사이더인지라, 생판 모르는 남과 밤새 소주잔 털어가며 도원결의를 맺고 그날로 형이 되고 아우가 되는 영업에도 영 소질이 없다. 그 덕에 요즘 내 상황은 고구마 두어 개를 한 입에 털어 넣고도 건빵 한 봉지를 더 씹어야 하는 처지나 다름 없었다.

　어렸을 때는 다 필요 없고 공부만 열심히 하면 훌륭한 사람이 되어 잘 먹고 잘 산다는 선생님 말씀을 그런대로 믿고 살았는데, 나잇살 좀 먹고 돌이켜보니 우리 선생님은 구라쟁이가 확실했다. 요즘 내 처지가 이런 건 훌륭한 사람이 되어 잘 먹고 잘 살 만큼 공부를 열심히 안 해서라기보다, 애초에 '훌륭한 사람'이라든지 '잘 먹고 잘 살기' 같은 건 '열공'과 그다지 상관관계가 없었던 탓이다. 나는 이 간단한 진리를 너무 늦게 깨달았다.

　'나만 그런 건 아닐 거야' 하는 셀프 위로도 부질없이 어쩐지 내 인생이란 늘 시험의 연속이었고 늘 발단, 전개, 위기, 위기, 위기를 맞아왔으며 매일이 하루 치의 수습으로 대충 채워졌다. 그렇게 언제부턴가 세상만사 따위 모조리 될 대로 되라는 식의 지독한 귀차니즘과 매너리즘에 빠져 살게 되었다.

　문득 이러다 똥망할 것 같은 위기감에 남들 경험담이라도 들여다볼 겸 서점을 찾은 적도 있다. 하지만 그곳엔 밑도 끝도 없이 다 잘될 테니 걱정 말라는 식의 희망 고문, '도대체 비법이 뭐야'로 시작해서 '그러니까 비법이 뭔데'로 끝나는 성공 비법, 그도 아니면 몹시 전투적인 제목을 내걸고 이유 따윈 생략한 채 이래라저래라 명령하는 책만 가득해 이미 활활 타오르는 매너리즘에 기름을 부을 뿐이었다.

왠지 조금 서글픈 마음이 들었다. 이유를 곰곰이 생각해 보니 나는 진짜 훌륭한 사람들의 진짜 성공 얘기를 듣고 싶었던 게 아니었다. 제아무리 즐겁고 재미난 놀이라도 일로 바뀌는 순간 본연의 재미는 증발하기 마련이다. 그냥 노는 것처럼 일해도 돈을 벌 수 있는 직업이나 직장 같은 건 세상에 없다. 이 땅의 수많은 직장인들이 오늘도 꾸역꾸역 출퇴근을 이어나가는 가장 큰 이유는 물론 생계 때문일 것이다. 모순투성이 말들로 솔직한 속내를 애서 부정하려 해도 현실이란 적당히 지어낸 몇 마디 수식어로 간단히 지워버릴 수 있을 만큼 만만하지 않다.

나 역시 그랬다. 겉으로는 짐짓 점잖은 척, 세상 돌아가는 일 다 아는 척 번듯한 변호사 행세를 하고 있었지만 어설픈 발 연기 뒤에 감춰둔 속내에는 평균 이하의 사명감과 정의감, 철저히 속물스러운 욕심 따위가 뒤엉켜 뜻대로 되지 않는 현실에 딴지를 걸고 있을 뿐이었다.

'이렇게 사는 게 맞나?'

'앞으로도 계속 이렇게 살면 되나?'

'그냥 하고 싶은 거나 하면서 살 순 없나?'

오늘 치 수습에 안도하고 동시에 내일 치 수습을 걱정하는 나날이 반복되면서, 나는 분명 지쳐가는 중이었지만 적극적으로 현실을 바꿀 용기나 의지는 없었다. 대신 나름의 우회로와 대피로를 찾기 시작했다. 그러니까 머리 한구석쯤 비워놔도 상관없을 그냥 하나 마나 한 잡소리가 하고 싶었다. 오늘이 월요일인지 금요일인지 따질 필요조차 없는 뻔하고 지루한 일상에서 뭔가 소소하게 재밌고 싶었다.

하루에도 수십 번씩 초점 없는 눈으로 멍하니 온라인 세상을 헤집고 다니던 그 쓸모없는 순간에, 우연히 브런치를 발견한 나는 솔직히 옳다구나 싶었다. 이 공간에서는 남의 눈치 안 보고 아무 말이나 떠들어도 괜찮을 것 같았다. 쇠뿔은 단김에 빼야 하고 물 들어올 땐 노부터 저어두는 법이니, 우연이라도 그럴싸한 대나무 숲 하나 찾은 김에 수시로 의미 없는 잡소리를 써댔다. 이 숲에서 활개 치는 동안은 불평도, 고민도 사그라드는 착각마저 들었다.

그렇게 대나무 숲을 맴돌던 잡담이 모여 이 책이 되었다. 물론 별생각 없이 벌여놓은 아무 말 대잔치가 기어코 책으로 거듭날 줄은 예상치 못했다. '어어' 하다 출판계약까지 덜컥 체결하고 나니 그동안의 불평불만은 이내 불안으로 바뀌었다. 혼자 낄낄대면서 하잘것없는 소리나 잔뜩 써 내려갈 땐 마냥 좋았는데 그걸 모아서 책으로 낸다니, 이 책을 읽는 사람들은 무슨 기대를 가졌을지, 쓸데없는 잡담에 일말의 공감이라도 할지, 역시 작가는 아무나 하는 게 아닌데…… 함부로 대나무 숲에 날려 보낸 외마디가 커다란 함성으로 바뀌어 나를 덮치는 기분이었다.

한참을 전전긍긍했지만 결론은 '초심대로'였다. 어차피 내 깜냥에 책 한 권으로 무슨 대단한 지혜와 교훈을 줄 수도 없고 어느 날 갑자기 심금을 울리는 감동을 줄 수도 없으니 조금 다른 방식의 공감을 얻고자 했다. 이 책은 처음부터 누구 인생에 도움 되라고 쓴 게 아니라서, 목욕재계 후 바른 자세로 앉아 정독한들 인생에 별 도움이 되지는 않을 거다. 하지만 제갈공명 비단주머니처럼 번뜩이는 지혜와 지식으로 채워져 있지 않더라도, 선량하고 정의로운 변호사의 눈물 콧물 감동 실화로 가득 차 있지 않더라도, 어쩌다 한 권쯤은 읽고 내려놓기 무섭게 뇌리에서 휘발될 잡담만 담겨 있어도 괜찮지 않을까.

아등바등 간신히 오늘을 보내봤자 오늘을 쏙 빼닮은 내일은 어김없이 찾아온다. 어쩐지 이번 생에는 갑갑한 현실이 획기적으로 바뀌지 않을 것 같고, 사실 다음 생이라고 이보다 나으리라는 보장도 없다. 생업으로 심신을 하얗게 태운 보통 직장인이 하루를 반추한 결과가 고작 이 모양일 때, 어느덧 '나만 이렇게 사나' 싶은 짜증과 불만이 밀려올 때, 똑같은 소릴 읊조리며 옆에 쪼그려 투덜거리는 생면부지의 동병상련이 되고 싶다. '그래도 오늘까지 별 탈 없이 수습해서 다행이야'를 되뇌며 마법 같은 정신 승리로 한 줌의 안도감을 얻고 싶다.

한 가지 못내 아쉬운 건 본래 이 바닥이 좁디좁아서 대충 한두 다리만 건너도 아는 사람 투성인 터라, 작정하고 쭉쭉 내지르지 못했다는 점이다. 따로 생업을 가진 부업 작가의 배부른 변소이자 나름의 고충으로 이해됐으면 좋겠다.

2020년 6월

박준형

오늘도 쾌변

초판 1쇄 발행 2020년 6월 19일
초판 2쇄 발행 2020년 7월 17일

지은이 박준형
발행인 이재진 **단행본사업본부장** 신동해 **편집장** 김수현
책임편집 이태화 **교정교열** 강설빔
디자인 this-cover **일러스트** 신현경 **제작** 정석훈
마케팅 이현은 문혜원 **홍보** 박현아

브랜드 웅진지식하우스
주소 경기도 파주시 회동길 20
주문전화 02-3670-1595
문의전화 031-956-7366(편집) 02-3670-1024(마케팅)
홈페이지 www.wjbooks.co.kr
페이스북 www.facebook.com/wjbook
포스트 post.naver.com/wj_booking

발행처 ㈜웅진씽크빅 **출판신고** 1980년 3월 29일 제406-2007-000046호

ⓒ 박준형, 2020
ISBN 978-89-01-24361-0 03810